初夏の春巻

食堂のおばちゃん⑬

山口恵以子

ハルキ文庫

角川春樹事務所

目次

第一話　未練のカキ鍋　7
第二話　発酵レストラン　51
第三話　スペアリブと犬　97
第四話　めでタイ正月　145
第五話　初夏の春巻　187
〈巻末〉食堂のおばちゃんの簡単レシピ集

初夏の春巻

食堂のおばちゃん13

第一話 ● 未練のカキ鍋

「日替わりの牡蠣フライ、二つ！」

よく通る皐の声が、カウンター越しに厨房へ響いた。滑舌が良いのではっきりと聞き取れる。

それは後期高齢者の一子だけでなく、もうすぐ前期高齢者の二三にもありがたい。ランチタイムの忙しい時間帯、厨房には鍋や食器や調理の音が入り混じり、そこに客席のお客さんたちのにぎやかな話し声も加わって、集中していないと注文を聞き落としかねない。

「日替わりの大根バター一つ、ワンコインセットで一つ！」

まるで矢のように喧噪の中を貫いて耳に達する皐の声に、二三は爽やかな風が吹き抜けるシーンを想像する。そういえば皐にはどこか風の精を思わせるイメージがある。

「ねえ、さっちゃん、もう節分までイベントはないの？」

牡蠣フライにはじめ食堂の自家製タルタルソースをたっぷりまとわせながら、ご常連のワカイのＯＬが訊いた。

「そうですねえ。七草は終わっちゃったし」

成人式も終わったが、もともと成人イベントはやっていない。

「二月は節分とヴァレンタインがあるのにね」

「いいじゃない。今日は牡蠣フライだし」

向かいに座った仲間のOLが言った。四人連れで来店したのだが、全員注文は牡蠣フライだ。人気メニューで、前日に予告すると、予約注文するお客さんも少なくない。

「ここの牡蠣、デカいわよね」

一人が改めて皿を眺めて言うと、三人とも同時に頷いた。それは小さい牡蠣は二個を一つにまとめて粉をつけるからで、二三と一子の心意気のたまものだった。

「それに揚げ方も美味しい。衣はサクッ、中はジューシー。スーパーで売ってるのじゃ、こうはいかないわ」

「テレビに出てきたけっこう老舗の洋食屋の牡蠣フライ、揚げせんべいみたいでびっくりしちゃった。中、硬いんだもん」

四人のOL仲間は牡蠣フライ談議で盛り上がっている。

その様子をちらりと目の端でとらえ、二三は嬉しくなった。

学生時代のバイト経験から、人はまずい食事を出されると無口で不愛想になることを学んだ。お通夜のように言葉少なにそそくさと食べ、さっさと席を立ってしまう。和気藹々と会話が弾むのは、美味しい食事の力が大きいのだ。

今日のはじめ食堂のランチは、日替わり定食が牡蠣フライと大根バター醤油。拍子木に切った大根と豚コマを炒め、塩胡椒を振り、醤油とバターで味付けしたこの料理は、大根の美味しくなる冬の定番だ。それなりに人気はあるのだが、牡蠣フライと並ぶと分が悪い。

焼き魚はぶりの照り焼き、煮魚はカジキマグロ。ワンコインは肉うどん。小鉢はキンピラごぼうとあんかけ豆腐の二品。味噌汁はシジミ。漬物は一子自慢の白菜漬け。柚子と唐辛子が利いている。

これにドレッシング三種類かけ放題のサラダが付いて、ご飯と味噌汁お代わり自由で七百円。この内容でこの値段は、家賃の要らない自宅兼店舗でなければ不可能だろう。

それでも昨今の物価上昇は、はじめ食堂の屋台骨を直撃した。

二〇二一年から食品や調味料の値上げが続いた上に、翌年のロシアによるウクライナ侵攻で原油価格が急騰した。燃料が上がるとすべての価格が連動して上昇する。物価高の怒濤の寄りに必死で耐えてきたはじめ食堂だったが、いよいよ徳俵に踵がかかり、土俵を割るのは秒読み段階に入っていた。

今年に入って二三と一子は、定食を五十円値上げすべきか、それとも小鉢を一品に減らすべきか、決断を迫られつつあった。

「あたしはどっちでもいいわ。七百円でこのグレードのランチなんて、今時あり得ないと思ってたし」

野田梓は牡蠣フライにサービスで出したおろしぽん酢を載せて言った。揚げ物にはすべておろしぽん酢が合うと知って以来、牡蠣フライもタルタルソースと半々で食べるのが、最高の喜びとなった。

「ご常連はみんな同じ気持ちじゃないかな。五十円値上がりしたとか、小鉢が一つ減ったとかいう理由で、はじめ食堂をやめて別の店へ行こうとはならないと思うよ」

三原茂之はタルタルソースを載せた牡蠣フライに、ほんの少し醬油を垂らした。サラダにはノンオイルドレッシングをかけるくらい健康に気を使っているのに、はじめ食堂のタルタルソースだけは例外で、最後はタルタルソースにちょっぴり醬油を垂らし、ご飯に載せてきっちり完食する。

「そう言っていただけると嬉しいんですけどねえ」

カウンターの端に腰を下ろした一子が、悩ましげな眼でため息をついた。

「平成の頃からずっと今の値段でやってきたのでねえ。ここへきて値上げするのも気が咎めて……」

「おばさん、お客さんだってちゃんと分ってるわよ。お宅がどんなに努力して、一生懸命七百円のランチ定食を守ってきたか」

梓が言うと、三原も大きくうなずいて、後を引き取った。

「そうそう。それにはじめ食堂は消費税導入にも、その後の三度の税率アップにも、一度も定価を上げなかった。これは四回値下げしたのと同じですよ」

初めて消費税が導入されたのは平成元年の四月だった。当初の3％から始まり、5％、8％、10％と税率は上がっていった。今思えば3％は安かったが、それでも導入当初の混乱ぶりは、人々の記憶に鮮明に残っている。

「子供が百円持って近所の店に行ったら、三円足りなくて泣いて帰ってきたとか、あの頃はニュースになったわよねえ」

二三もつい昨日のことのように覚えている。当時大東デパートの衣料品バイヤーだったので、消費税は仕事に大きく影響した。一子も梓も三原も当時のドタバタを経験した世代だから、思いは同じだった。

「さっちゃんは、生まれた時から消費税があったから、あんまり違和感ないでしょう」

二三が言うと、皐は首を振った。

「5％が8％になったのはよく覚えてます。いや～な感じだった。それに、10％になったのはつい三、四年前ですもん。こっちはもろ直撃ですよ」

そして、申し訳なさそうな口調で先を続けた。

「三原さんの仰る通り、平成になってから一度も値上げしてないってことは、四回値下げしたのとおんなじだと思うんです。この際、定価か品数か、どっちか見直すのもやむを得ないですよ」

一子は真意を問いかけるように、ちらりと二三を見た。二三も一子の目を見返し、黙ってうなずいた。織田信長ではないが「是非に及ばず」の心境だった。

「お姑さん、残念だけどしょうがないよ。値上げか小鉢一品にするか、どっちかに決めよう」

「そうねえ」

一子はほんの少しうなだれた。頭では分っていたが、踏ん切りがつかなかった。しかし今、二三の決断に背中を押されて腹は決まった。一子は気を取り直し、背筋をしゃんと伸ばして前を向いた。

「ふみちゃんは、どっちが良いと思う？」

「それなんだけど……」

二三は一子と皐の顔を等分に見て答えた。

「お客さんにアンケートを取ったらどうかしら。どっちが良いか、お客さんに選んでもらって、賛成多数を採用する」

皐がパチンと指を鳴らした。

「それ、いいですね！」

「そうね。そんならすっきりするわ」

これからの経営方針が決まって、梓も三原も「ああ、よかった」という顔になった。

「二三ちゃん、今のうちに言っとく。あたしは値上げの方に賛成。小鉢二種類食べたいから」

「僕も同じ」

そう言ってから、三原は何か思い出したように口を開いた。

「あんまり参考にならないかもしれないけど、この前仕事で関西に行ったとき……」

二泊三日の日程で、関西地区の営業会議に出席する傍ら、要人との面談もこなした。食事は昼も夜も仕事がらみの会席料理が続き、さすがに飽きてきた。最終日の昼食は帝都の社員だけだったので、「大阪っぽい、庶民的で気取らない店はない？」と訊いてみた。すると若い営業の社員が「面白い店がありますよ」と言って案内してくれたのが……。

「たしか『金とき』だったな。繁華街の路地裏にある店で、ここと同じ、食堂兼居酒屋なんですが」

はじめ食堂と違うのは、ランチタイムでありながら、食事をする客と酒盛りをする客の割合が、五対二くらいだったことだ。人気のある店で、相席は当たり前、店の外には順番待ちのお客が二時を過ぎても並んでいた。

「注文すると、ご飯と味噌汁とアルコールは持ってきてくれるんですが、おかずは全部自分で取りに行くんです」

店の前方に冷蔵ケースとカウンターがあり、刺身やサラダはケースに、煮物・焼き物・揚げ物・炒め物などはカウンターに置いてあった。値段はジャンルごとに統一していて、フロアの女性はテーブルを一瞥しただけで、素早く伝票を書いてゆく。

「フロア担当は二人で、それで料理を運んで会計をして席を片付けて、順番待ちのお客さんを席に割り振ってるんですから、そりゃあ忙しいです。でも、テーブルに並べた皿を見て『お客さん、これ、温めましょか』なんて言って、煮物をチンしてくれるんだから、きめ細やかですよね」

二三と一子はその店の情景が瞼に浮かぶようだった。喧噪と熱気が渦巻く混みあった店内、きびきびと働くフロアの女性、常連さんと一見さんが相席になったテーブル、カウンターに置かれた皿が姿を消すと、すぐに次の皿が補充され、食事に来たお客さんも酒を飲みに来たお客さんも、決して待たされることがない……。

「お話だけでも良いお店って分ります」

「あたしたちも大阪に行ったら、その店に行きたいねえ」

一子が二三を見て楽しそうに微笑んだ。

「いや、こんな話をしたのは、お客さんが勝手に料理を選ぶシステムが、はじめ食堂でも使えないかと思って。例えば小鉢を一律五十円にして、好きな人にだけ取ってもらうとか……」

言いかけて、三原は面目なさそうに首を振った。

「いや、釈迦に説法でしたね。お宅とあの店は立地も営業時間も違う。かえって無駄が出る」

さすがは元帝都ホテル社長、みなまで言わずとも趣旨は十分伝わった。

金ときは繁華街にあり、休み時間なく通しで営業している。つまり開店から閉店まで客足が絶えない。だから沢山の料理を用意しておいても、閉店までにはほとんど完売するだろう。

しかしはじめ食堂があるのはオフィス街に隣接する住宅街で、会社の昼休みに重なるランチタイムが終わると、五時過ぎまで来客はほとんど望めない。だから付近の飲食店はほとんど二時から五時、あるいは六時まで昼休みにしている。

もしランチタイム用の小鉢が大量に余ったら、うちじゃあ捌けないわよね……。

そう考えた次の瞬間、二三の頭にピカリと光が灯った。

もし小鉢が売れ残ったら、夜のお通しで使えるじゃないの。むしろ、夜のお通しで使えそうな小鉢を一律五十円で売れば、これは案外イケるかも⁉

「お姑さん」

二三は一子を振り向いた。一子も同じアイデアが思い浮かんだらしく、目が輝いている。

「で、どうします？」

二三と一子の表情を見て、皐も二人が何か思いついたのを察したようだ。

「三原さんのお話で閃いちゃった。定食は小鉢一品付きで七百円に据え置き。ご希望のお客さんには、別の小鉢を五十円で買っていただく。これなら皆さんに納得していただけるんじゃないかって」

「ランチタイムで余った小鉢は、夜のお通しになりますからね。無駄は出ません」

一子が説明を補足した。

「なるほど。それなら私みたいな小鉢二品派も、定価据え置き派も納得よね」

「さすがベテランコンビ。阿吽の呼吸だね」

梓も三原も、感心した顔になった。

「お互い、長くやってますからね」

一子は少し照れ臭そうに答え、二三と皐に微笑みかけた。不思議なもので、実質的には値上げを余儀なくされるのに、小鉢の追加販売を思いついたことで、申し訳なさから解放された。大岡越前の「三方一両損」で当事者同士が納得したのも、こんな気持ちだったのだろう。

「値上げは、来月からにしようか？」

「そうね。明日から、お客さんに知らせるわ」

「私、プリント作って配りますね」

　皐も明るく声を弾ませた。


「そうか。お宅は平成になってからずっと、値上げしてなかったんだよなあ……」

　その日、夜営業の口開けの客となった辰浪康平は、値上げの話を聞いて、しみじみとした口調で感慨を漏らした。


「えらいわ。平成の初めに消費税が導入されて、それから三回も税率が上がったんだもの」

　菊川瑠美も同情のこもった声で、康平のあとを続けた。


「本当は、通って下さるお客さんのために、値上げだけはしたくなかったんだけどね」

　一子の言葉に、康平と瑠美は同時に首を振った。


「しょうがないって。おばちゃん、ほんとによく頑張ったよ」

「そうよ。安くて美味しい食堂部門で、ギネスに載ったっていいくらいだわ」

　康平は生ビールの小ジョッキ、瑠美はグラスのスパークリングワインを飲んでいる。

　お通しはレンコンの柚子胡椒炒め。季節のレンコンのキンピラだが、唐辛子ではなく柚子胡椒を使うのがミソだ。同じピリ辛味でも、柚子胡椒は柑橘系の風味が強い。


「でもさ、定食七百円で小鉢の追加五十円って、いいアイデアだね」

「でしょ。私もそう思うのよ」

二三が言うと、瑠美が考え深そうな顔で頷いた。

「値上げ感もないし、品数減らした感もないし。不思議よね」

「お姑さんは、三方一両損みたいな感じだって」

「あ、なんとなく分る」

「やっぱフィーリングだよなあ」

康平は今や死語になりつつある単語を口にすると、メニューを手に取った。

「里芋とあたりめの煮物って、新作？」

「そ。ほら、近頃生のイカ、手に入んないでしょ。それで、スルメは干したイカだから、代用になると思って」

イカの不漁は年々深刻になり、昨年は遂に《活イカ》を売りにしていた地方の海辺の料理店でさえ、メニューから消してしまったという。東京のスーパーでは刺身は売っているが、丸のままの刺身用生イカは全滅に等しい。豊洲市場で売っている刺身用生イカは高級品で、はじめ食堂ではとても手が出せない。

「で、スルメに手を出したってわけ。結果は大成功！」

「昔、ふみちゃんが岡山に出張した時、お土産に干したタコを買ってきてくれたのよ。それでタコの炊き込みご飯を作ったら、そりゃもう美味しくてね……」

魚介類のみならず、野菜やキノコも干すと旨味が凝縮する。中華料理の三大高級食材であるフカひれ、アワビ、ツバメの巣はいずれも乾物だ。

「だからスルメも旨くないわけないと思ったのよ」

酒と水に漬けて十分戻してから里芋と炊き合わせた。イカから出る旨味は、生よりも濃厚だった。

「それ、一つ！」

説明を聞いているうちに涎が垂れそうになり、康平は叫んだ。

「二三さん、風呂吹き大根と、長ネギと豚肉のさっぱり炒め下さい」

瑠美がメニューをのぞき込んで追加注文した。

大根、長ネギ、白菜など《白い野菜》は冬が旬だ。旨味が濃くなり、甘さが増す。

長ネギと豚肉のさっぱり炒めは文字通り、豚コマと長ネギを炒めて塩胡椒を振り、最後に柚子を垂らしただけの簡単な料理だが、肉をしっかり炒め、長ネギは炒めるより和える感じで手早く火を通すのがコツだ。カリカリに近い食感の豚肉の甘みと、半生のネギの強すぎない辛みが混ざりあい、口の中でウエディングベルを鳴らす。酒のつまみに、ご飯のおかずに、常備菜にしたくなる一品だ。

「おばちゃん、次はフラミンゴオレンジ。先割にしたやつね」

初めて聞く酒の銘柄に、瑠美は問いかけるように康平を見た。

「フラミンゴオレンジって？」

「芋焼酎。鹿児島の国分酒造って蔵が作ってる」

瑠美の顔には「なんだ、焼酎か」という思いが表れた。それを予想していたように、康平はにやりと笑った。

「これがただの焼酎じゃないんだ。香りはまるでトロピカルフルーツ。かすかな芋の風味に柑橘系の酸味と刺激が溶けた、まろやかな味わい。サラダやフルーツにぴったりの酒だよ。特に女性にはお勧め」

説明を聞くと、瑠美も好奇心を動かされた。

「じゃあ、私もそれにするわ」

「最初はソーダ割がお勧め。先割は焼酎と水が一対一で、ちょっと強いから」

フラミンゴオレンジは新年早々康平が「これ、女性のお客さんに絶対受けるよ。飲み方は初心者はソーダ割、次が先割」と勧めてくれた焼酎だ。いつも日本酒の売込みには熱心だが、それに比べると焼酎は控えめだった。積極的に勧めるのは珍しい。

瑠美も同じことを感じたようだ。

「康平さんが焼酎押しって、初めてじゃない？」

「うん。俺も不勉強だったよ。今、日本酒だけでなく焼酎もルネッサンス迎えてる。次々に新しいいい酒が生まれてるんだ。これからは焼酎もどんどん売りたいと思ってる」

先割とは予め焼酎を水で割り、寝かせておくことを言う。

皐は冷蔵庫から先割したフラミンゴオレンジを取り出すと、冷凍庫で凍らせておいたワイングラスに注いだ。瑠美にはソーダ割のジョッキを出した。

「乾杯」

二人はグラスを合せた。

「……ほんとう。フルーティーね」

一口飲んで、瑠美はうっとりと目を細めた。

「言っちゃ悪いけど、焼酎って感じじゃないわ。高級な洋酒をソーダで割ったみたいな」

「先生、康平さんはさすがですよ。フラミンゴオレンジ、特に女性のお客さんに人気で、最初に仕入れた分は一週間で完売でした」

皐は湯気の立つ風呂吹き大根の皿を二人の前に置いた。

「来週、千本桜　熟成ハマコマチっていうのを持ってくるよ。これもフルーティー系で、絶品。女性受けすること間違いなし」

康平は大根を箸で割り、添えられた柚子味噌を載せた。

「他にも貴腐ワインみたいな焼酎とか、醪に茶葉を混ぜた焼酎とか、色々あるんだ。もちろん、オーソドックスな芋・麦・米も美味いし」

康平は風呂吹き大根を口に入れ、二、三度ハフハフと口を開閉させてから咀嚼した。

「料理の世界も無限だけど、お酒の世界も無限ねえ」

瑠美は感心したように呟いてグラスを傾けた。

「だから、長生きする楽しみは尽きませんよ」

カウンターの端に腰を下ろした一子が言うと、はじめ食堂の店内にはほんのりと温かな空気が漂った。

「ああ、もう、どうしよう！」

その夜、例によって閉店時間の九時を五分過ぎて帰宅した要は、空いている椅子に通勤用の大型ショルダーバッグを放り出すと、頭を抱えてテーブルに突っ伏した。

「どうしたのよ、急に」

オーバーすぎる表現だが、要が困っていることは間違いなかった。

「足利先生の対談が流れそうなの！　そんなことになったら、うちみたいな《今にもつぶれそうな吹けば飛ぶような弱小出版社》は、大打撃よ！」

《今にもつぶれそうな吹けば飛ぶような弱小出版社》は、いつも万里が要をからかって言った常套句だった。とりあえず自虐ネタを口にするくらいの余裕はあるらしい。

「先生と、何かトラブルでもあったの？」

二三は冷蔵庫から缶ビールを出して、要に渡した。

足利先生とは人気時代小説家足利省吾(しょうご)のことで、多忙な身でありながら要の勤める西方(さいほう)出版のような弱小出版社に義理堅く原稿を書いてくれるのは、売れない時代に引き立ててくれた先代編集者への恩義を忘れていないからだった。

ちなみに足利省吾ははじめ食堂の料理とサービスを気に入り、年に何回か、奥さん同伴で顔を見せてくれる。足利の姪(めい)のつばさも、はじめ食堂で騒動を起こしたこともあったが、今はパン職人を目指して修業を続けている。

「先生じゃなくて、対談相手の方が」

要は缶ビールのタブを開け、やけくそのように呷(あお)って一息ついた。

「『ウィークリー・アイズ』で、谷岡樹(たにおかいつき)先生と対談していただく予定だったの。そしたら先生が今日、交通事故に遭われて……」

谷岡樹は江戸時代を専門とする日本史の学者で、『そろばん忠臣蔵(ちゅうしんぐら)』など分りやすい歴史解説本が何冊もベストセラーになり、テレビ番組にも時々ゲストで呼ばれている。つまり、普通の人が「江戸時代に詳しい学者」と言われて真っ先に思い浮かべる人物だった。

昨年発売された半生記には、大学院時代に指導教授から嫉妬(しっと)交じりの嫌がらせを受けて思い悩んでいた時、新小岩(しんこいわ)にあった居酒屋の女将(おかみ)さんに「いっちゃんは大学の権威なんか借りなくたって、一人で立派に学問の世界で勝負できるよ」と励まされ、博士号への未練を捨てて研究室を去った経緯(いきさつ)が書かれていて、そのアカハラ体験が話題になった。

「で、谷岡先生はご無事だったの？」

「幸い、命に別状はなかったけど、顎を骨折なさって、しばらくは会話がままならない状況なの。それで、急遽ピンチヒッターを探したんだけど……」

要はもう一度缶ビールを呷った。

「見つかったの？」

「うん。日高真帆って学者さん。本も割と売れてるし、ユーチューブでやってる番組も人気あるみたい。それに美人だし」

日高真帆は中世史を専門とする日本史学者で、初めて出版された一般書『信仰の時代』（渓流新書）が十万部という異例のヒットを記録し、続く『わけあり中世日本』（香文社）も版を重ねた。順調に執筆活動を続ける傍ら、IT企業がスポンサーとなってユーチューブ番組を持ち、再生回数を伸ばしている。テレビの地上波出演をしていないので、知名度は谷岡樹には及ばないが、出版界では次代を担う日本史の書き手として注目されていた。

「学者っていうより、竹久夢二の絵から抜け出てきたみたいな感じの人でさ、写真載せたらバエること間違いなしなんだけど」

要はそこで肩を落とし、ため息をついた。

「断られちゃった。『自分の研究の範疇は平安後期から鎌倉、室町までで、江戸時代はカバーしていない。生半可な知識で足利先生と対談させていただくのは大変心苦しく、学者として恥ずかしい』だって」

「あら、でもその先生、なかなか立派な心掛けじゃないの」

一子が言うと、要は情けなさそうに首を振った。

「うちは立派でなくてもいいから、足利先生の対談相手を見つけないと困るのよ」

「谷岡先生が回復なさるまで、待っていただいたら？」

「無理よ。編集部じゃそのつもりで誌面作ってんだから」

「対談って、いつの予定だったの？」

「明日。それはもう無理だけど、どんなに遅くても今週中にセッティングして文字起こししないと、間に合わない」

要はビールを飲み干し、八つ当たりのように缶をぐしゃっと握りつぶした。

「要さん、塩見(しおみ)秀明(ひであき)ってご存じですか？」

皐が遠慮がちに声をかけると、要の眉(まゆ)がピクリと動いた。

「『大江戸モテ男列伝』と『やさぐれ侍の系譜』書いた人？　確かどっかの大学の教授よね」

その二冊は一昨年と昨年に刊行され、新聞や雑誌の書評に取り上げられて割と評判になった。二三も記憶の片隅にそのタイトルが残っている。

「そう、そう。今日、新刊が新聞広告に大きく載ってました。塩見さんの本、割と売れてるんですよね？」

「割とどころか、ベストセラーと言っても良いくらい」

「塩見さんじゃ、だめですか？」

要は残念そうに首を振った。

「うち、全然伝手がないのよ。大学にも出版社にも」

塩見の著作は二冊とも宝伝社という小さな出版社から刊行されていたが、宝伝社と西方出版はこれまで同じ著者の本を刊行したこともなく、社員同士に個人的な交流もなかった。つまり、まるでつながりがないのだった。

「大学も、会社も、間に立つ人がいれば話が早いんだけど、誰も知り合いがいないと、まずご挨拶メール送って、それから対談のご依頼とかやるでしょ。とても今週中なんて、無理」

要がもう一度ため息をつくと同時に、皐が口を開いた。

「私、塩見さんと知り合いなんです。連絡取りましょうか？」

要ははじかれたように椅子から立ち上がった。驚きのあまり目を見開き、あんぐりと口を開けている。

「さ、さっちゃん、どこで……」

「塩見さんの同僚の方が『風鈴（ふうりん）』の常連さんだったんです。塩見さんは誘われて来店しただけですけど、一度ストレッチの方法を訊かれたことがあって、教えてあげたらお礼に本を下さったんです。スマホの番号とメルアド交換したから、連絡しますよ」

皐はこともなげに言ったが、要は近寄って両手で皐の手を取り、頭を下げた。

「ありがとう、さっちゃん！　恩に着ます！」

「そんな、気にしないでくださいよ。私だって二三さんと一子さんにはお世話になりっぱなしなんだから」

要はやっと肩の荷が下りたのか、賄（まかな）いの並んだテーブルに席を移した。

「ああ、ホッとしたら腹減った」

「ぬか喜びしない方が良いわよ。その先生が引き受けてくれるって決まったわけじゃないんだから」

二三が一応くぎを刺すと、要はまたしても肩を落とした。

「多分、大丈夫だと思いますよ。塩見さんは子供の頃から時代小説が好きだったって言ってました。きっと足利先生のファンですよ。それに、まじめで偉ぶったところのない人だから、事情を話してお願いすれば、引き受けてくれると思います」

要は皐に向かって盛大に柏手（かしわで）を打った。

「よろしくお願いします！」

それから話はとんとん拍子で進んだ。

皐はその場で塩見にショートメールを送り、事情を説明してくれた。すると、小一時間ほどで塩見から「僕は足利省吾先生の大ファンなので、出来る限りお力になりたいと思います。まずは担当の編集者さんから、直接こちらにメールを送ってください」と返信が来た。

「やった！」

要はガッツポーズを決めると、牡蠣フライを皿に残して二階へ駆けあがった。

「うまくいくと良いですね」

「うん。せっかくさっちゃんがつないでくれたご縁だものね」

二三は笑顔で答え、要が残した牡蠣フライを箸でつまんだ。

翌日、ランチタイムが終わると、いつものように赤目(あかめ)万里がやってきた。要と同級生の元フリーター青年で、はじめ食堂でバイトをするうちに料理の道に目覚め、今は新富町(しんとみちょう)の割烹(かっぽう)で日本料理の修業をしている。職場は変わったが、七年近く一緒に賄いを食べた仲間なので、今も毎日出勤前にランチにやってくるのだった。

「今日のメイン、ハンバーグと中華風オムレツよ」

二三がカウンターの奥から言うと、万里はぐいと親指を立てた。実はシラスからマグロまで、尾頭付きの魚が食べられない。いわゆる魚介の介の方、エビ・カニ・イカ・タコなどの甲殻類と貝類、魚卵は食べられるのだが。

「魚は何？」

「アジの干物と赤魚の煮つけ。煮魚はお土産ね」

「いつもサンクス」

万里の両親は夫婦とも教育者で多忙を極めているので、ランチで余った料理をお土産に持たせるようにした。その習慣は今も続いている。その代わり万里は、皐のために留守中の自宅を休憩所に提供してくれた。

その万里が、じっと赤魚の皿を見ている。

「どしたの？」

「いや、魚、どんな味かと思って」

二三と一子は顔を見合せた。万里は「寿司屋(すしや)の高いネタはみんな食べられるから、OK」とうそぶいて、尾頭付きの魚が食べられないことを全く意に介していなかったのに。

「やっぱり魚が食べられないと、和食は難しいの？」

「いや、親方は別に何も言わない。最初からそれを承知で弟子にしてくれたんだから」

万里はハンバーグを口に入れて、遠くを見る目になった。

「ただ、最近、やばいと思って。親方の作る刺身、すげえきれいなんだよ。それに魚の料理もホント、美味そうで。他の素材で似たような料理を作る手はあるけど、やっぱ、日本料理は魚だよね。その味が分んないっつうのは、致命的だと分ってきた」

皐がいくらか訝しげに尋ねた。

「昔から訊こうと思ってたんだけど、万里君、魚アレルギーなの？」

万里は首をひねった。

「どうだろう。なにしろ食ったことないからなあ」

「甲殻アレルギーの人は、蕁麻疹が出て痒くなるって言ってたけど、そういう経験はある？」

万里はじっと考え込んでから、首を振った。

「多分、ない。俺、蕁麻疹出たことないから」

「つまり体質的に受け付けないというより、心理的な要因なの？　いわゆる食わず嫌いとか」

「そうなのかなあ」

万里はまたしても考え込んでしまった。

「ねえ、万里君。もし魚に挑戦する気があるなら、最初はマグロの頰肉かカジキマグロが良いわよ。肉と魚の中間みたいな食感だから、食べやすいと思うわ」

二三は記憶をたどりながら言った。バブルの頃、青山にマグロメインのイタリアンレストランがあって、そこで食べたマグロの頬肉のフライやカジキマグロのステーキは、肉に近い味わいだった。

「頬肉は私もお勧め」

皐も膝を乗り出した。

「赤ワイン煮込みにして、牛頬肉と思って食べてみれば?」

「……そっか。ガタイのデカい魚って、肉っぽくなるんだ。クジラもそうだし」

二三は「あれは哺乳類」というツッコミを引っ込めた。そんなこと、万里だって百も承知だろう。

と、二三のスマートフォンが鳴った。画面を見ると要からだ。

「ああ、要。対談の話、どうなった?」

「大成功。さっちゃんにお礼言っといて」

「あんたが自分で言いなさい」

「悪い。今急ぎなの。そこに万里、来てる?」

「いるわよ。代わるね」

二三がスマートフォンを渡すと、万里はスピーカーモードにした。要のあわただしい声が聞こえてくる。

「ねえ、お宅の店、明後日五人で予約できる? 席なかったら、最悪四人で」

「ちょい待ち。予約状況確認する」

万里はポケットから自分のスマートフォンを取り出し、画面を操作した。

「ああ、大丈夫。テーブル席二つくっつければ、六人まで座れる」

「助かった！　じゃ、十八時から五人でお願い。一番高いコースね。金に糸目は付けないから、とにかく美味しいもの頼みます」

「なんだよ、その強気な発言は」

「あったり前でしょ。足利省吾先生のご接待よ。経理からいくらでもふんだくってやるわ。じゃ、よろしく」

要は言いたい放題言って通話を切った。

みな思わず苦笑を漏らしたが、心の裡（うち）は要の難題が解決したことを喜んだ。

足利省吾と塩見秀明の対談のあった日、要は十一時を過ぎてから帰宅した。二三も一子もすでに布団に入る寸前だった。

「お帰り。対談、どうだった？」

襖（ふすま）越しに声をかけると、要は襖を開いてぬっと顔を突き出した。満面に浮かぶ喜色を見れば、答を待つまでもない。

「大成功。詳しくは、明日の朝ごはんで」

翌朝、要は食卓に着くなり「昨日食べ過ぎたから、コーヒーだけでいい」と言い、ペットボトルの水をがぶ飲みした。食べすぎではなく飲みすぎのようだ。

「で、どうだった？」

「どうもこうも、塩見さん、昔から足利先生の大ファンだったんだって。もう、ファン丸出しなの。そりゃ足利先生だって、悪い気はしないわよね。和気藹々で盛り上がった」

二三も一子も足利省吾の作品のファンで、人柄も尊敬していた。足利作品のファンなら、悪い人ではないだろうと思ってしまう。

「まあ、塩見さんは大学の先生だから、ちょっとオタクっぽいとこもあるけどね。でも、頭の中身が詰まってるから、話は聴きどころ多かったわ」

対談後の食事会もたいそう上手くいった。

「『八雲(やくも)』は料理も美味しいし、雰囲気もサービスも良いしね。絶対にご満足いただけると思ってた。案の定、足利先生、今度是非奥様を連れてきたいって仰ってたわ」

「で、万里君はどうだった？」

「ぴしっとしてたわよ。うちに来る時とは全然別人。言葉遣いはもちろん、顔まで変わってるもん」

二三と一子は思わず笑みを漏らした。万里の料理修業は順調に進んでいる。これからもっと高みを目指して、羽ばたくに違いない。

「食事の後、浅田さんが二次会にお誘いしたの」

天下の足利省吾と、今をときめく新進歴史学者の対談だけに、西方出版では足利の担当編集者である要のほか、ウィークリー・アイズの編集長浅田耕介と、要の同期の編集者丹後千景が同席した。

「みんな、この際何とか塩見さんに西方出版で書いてほしいから、もう必死よ」

足利省吾は軽く飲んで先に帰宅したが、その後は編集者三人で塩見を囲んで杯を重ねた。

「塩見さん、酒強いのよね。全然変わらないの。浅田さんは途中で寝ちゃうし、丹後はヘロヘロで言ってることおかしくなるし、どうなることかと思ったわよ」

「それで、その先生、脈はありそうなの？」

「うん。結構楽しんでくれたみたい。何とか指の先に引っかかったかな。これからが勝負。連載か、新書か、どっちかOKしてくれたら、万々歳なんだけど」

要はコーヒーをブラックで飲み干すと、ショルダーバッグをつかんで立ち上がった。

「じゃ、行ってきます」

「ええと、牡蠣の水炊き……」

そろそろしめの料理を注文しようという段になって、メニューを手に取った康平が、少し頭を後ろに引いた。

「もしかして、老眼?」

二三がカウンターの中から尋ねると、康平は顔をしかめた。

「どうやら、そうみたいなんだよね。俺、近眼だから老眼にはならないと思ってたんだけど」

「甘いわ」

隣に座った瑠美が首を振った。メディアに登場するときは赤い縁の眼鏡がトレードマークだが、普段は裸眼である。

「私、子供の頃から仮性近視で、ずっと0・6だったの。眼鏡をかけるほどじゃないと思って放っておいたんだけど、最近検査したら、0・4まで視力が下がってるの。これはまずいと思って」

眼鏡店で相談すると、ソフトコンタクトレンズを勧められた。

「眼医者さんを紹介してもらって、試着したら、あんまり違和感がないし、すぐに視力が1・0まで上がったの。これで一件落着と思ったんだけど……」

購入したいと告げると、医師に説明書を渡された。ところが、読もうとしたら字がぼやけて見えない。びっくりして医師に尋ねると、当然のように言われた。

「ああ、あなたは年齢的にもう老眼入ってますからね。焦点を遠くに持って行ったら、近くが見えなくなるのは当然です」

　瑠美は苦笑しながらメニューを指でつついた。

「それで、やめちゃった。遠くが見えなくたって料理するのに不自由しないけど、手元が見えなかったら一大事よ」

「遠近両用は？」

「それも万能じゃないって。中には船酔いみたいになっちゃう人もいるんですって」

「なるほど。眼鏡かければすべて解決ってわけにはいかないんだ」

「裸眼でベストの状態の七割くらいと思ってくださいって、お医者さんは言ってた」

　瑠美はメニューに顔を近づけた。

「牡蠣鍋の種類、こんなにあるの？　土手鍋、水炊き、みぞれ鍋、豆乳鍋」

「もう一つ、中華風っていうのも候補だったんですけど、とりあえずこの四つに絞りました」

「さっちゃんに、牡蠣鍋は土手鍋だけとは限らないんじゃないかって言われて、ふみちゃんが調べたんですよ。そしたら、あるわ、あるわ」

「牡蠣は今が旬だから、どの鍋で食べても外れはないでしょ。せっかくだから三、四種類出そうってことになって」

　最後に二三が締めくくった。

「そうだなあ。土手鍋は何度も食ったし、水炊きは何となく味が想像できるし……、俺としてはみぞれ鍋か豆乳鍋だな」

「賛成。それに、中華風っていうのもちょっと惹かれるわね」

瑠美が問いかけるように目を向けると、皐はすぐに答えた。

「お鍋の汁は中華スープです。牡蠣に少し片栗粉をまぶしてスープにとろみをつけて、仕上げにごま油を垂らします。お好みでラー油なんかも」

「美味そう……」

康平がため息交じりに呟いた。隣で瑠美も目を輝かせている。二三はすかさず言った。

「中華風、作りましょうか？」

「お願いします！」

康平と瑠美は間髪を容れずに声を揃えた。

「は〜い、毎度」

二三は気軽に答えて調理にとりかかった。汁は市販の白だしと中華スープを用い、材料は普通の牡蠣鍋と変わらない。さしたる手間ではないので、お客さんに喜んでもらえれば何よりだ。

と、白前掛けのポケットに入れたスマートフォンが鳴った。画面を見ると要からだ。

「お母さん、席、二人分空いてる？」

「カウンターでいい？」

「うん。あと十五分くらいでお客様、お連れするから、よろしく」

例によって必要最低限の情報だけ伝えると、要は通話を切った。

「こんばんは」

十五分後、要は四十代半ばくらいの男性を伴って店に入ってきた。

「いらっしゃいませ。どうぞ、こちらに」

二三がカウンター越しに声をかけると、注文を取って戻ろうとした皐を見て、男性がわずかに目を大きくした。

「メイ……じゃない、皐さん」

「まあ、塩見先生。先日は突然のご連絡で、失礼申し上げました」

皐は盆を手にしたまま一礼した。

「ここへ来る道々一(にのまえ)さんから話は聞いたけど、やっぱり意外だなあ。風鈴のトップスターだった人が」

「風鈴は私の人生第一章、はじめ食堂は第二章です。よろしくお願いします」

皐は嫣然(えんぜん)と微笑んで流れるように右手を動かし、カウンターを指し示した。

「先生、母と祖母です。お母さん、お祖母(ば)ちゃん、塩見秀明先生」

要はカウンターの前に立ち、二三と一子に塩見を紹介した。

「この度は娘の窮地を救っていただきまして、ありがとうございました」

二三と一子が揃って頭を下げると、塩見はまるで窮地に立たされたように身をよじった。

「いや、そんな、とんでもない。僕の方こそ、あこがれの足利省吾先生と対談できて、幸せでした」

「先生、とにかくおかけください」

要に促されて、塩見は椅子に腰を下ろした。

色白で痩せていて、そのせいか声も細かった。細面の顔に縁なし眼鏡をかけた容貌は、《もやしっ子》がそのまま大人になったように見える。外見に気を使わない質らしく、髪の毛は寝癖が付いたままで、ワイシャツは襟にシワが寄り、ジャケットは明らかにワンサイズ大きめだった。

しかし、それもこれも学問に集中するあまり、おしゃれに時間を割く余裕がないのだと考えれば、決して印象は悪くない。大学教授がファッション雑誌のグラビアから抜け出てきたような格好をする必要はないのだ。

いわば要の恩人なので、二三は塩見を好意的に観察していた。そして、要が塩見に西方出版で原稿を書いてもらうために奮戦しているなら、援護射撃するつもりだった。

「先生、お飲み物は？」

「そうだなあ……チューハイにしようかな」

焼酎の出番と聞いて、二三は皐に素早く目配せした。皐はカウンターにお通しを出しながら言った。

「先生、今日はフラミンゴオレンジが入ってるんですけど、いかがですか？」

「え、何、それ？」

塩見が興味を示したので、皐は康平の受け売り通り、フラミンゴオレンジの説明をした。

「それにします、ソーダ割で」

「私も同じで」

皐が去ると、塩見は物珍しそうに店内を見回した。

「このお店、結構歴史を感じさせますね」

「前の東京オリンピックの翌年に、祖父母が始めたのが始まりです。その時は洋食屋だったそうです」

「すごいなあ。家族の歴史が店の歴史に重なってるんだ」

「そう言っていただけるとありがたいです。古くて小さくて、特別何がどうって店じゃないのに」

塩見はお通しのあんかけ豆腐に箸を伸ばし、しみじみと言った。

「そんなことないですよ。足利先生がご贔屓(ひいき)にしてる店に興味があったんだけど、来てみてよく分った。お店とお客さんが作ってきた空気感っていうのかな、それがある」

「先生は江戸時代の研究を専門にしていらっしゃるから、古いものの価値を大切になさるんですね」

塩見は恥ずかしそうに小さく肩をすくめた。

「そりゃ、僕だって学生時代はチェーン店の居酒屋が大好きでしたよ。コスパが良くてメニューが豊富で。ただ、この年になると、人のぬくもりが感じられる店が恋しいです。こちらみたいに家族で仲良くやってる店、頑固なオヤジさんや訳ありの女将さんがやってる店……」

「お待ちどおさま。フラミンゴオレンジのソーダ割です」

皐がジョッキを二つ運んでゆくと、塩見と要は乾杯した。

「ああ、美味い」

「フルーティー」

「驚いたな。こんな焼酎もあるんだ」

塩見は感心したようにソーダ割のジョッキを見直した。

「今は新しい焼酎が色々できてるそうなんです。お茶と醪を混ぜて醸すものとか、貴腐ワインみたいなものとか」

二三はほうれん草の明太子和え(めんたいこあ)を皿に盛りつけて言った。

「うちももっと勉強して、焼酎の品揃えもよくしたいと思ってるんですよ」

皐がカウンターに風呂吹き大根とほうれん草の明太子和えの皿を運んだ。料理は要が二三にお任せで頼んでいる。

「これ、美味い」

塩見は明太子和えを続けて二回口に運んだ。

水切りした豆腐と皮をむいた明太子、醬油をミキサーでピュレ状にして、ゆでたほうれん草を和える。季節のほうれん草を、胡麻和えやお浸しとは違った味で楽しめるお手軽な一品だ。

「それにしても、この前の対談でちょっと驚きました。足利先生の小説のキャラクターはみんな魅力的ですけど、塩見先生は悪女がお好きだと」

塩見は風呂吹き大根に息を吹きかけながら頷いた。

「うん。いわゆる犯罪者じゃなくて、心に闇を抱えてる、魔性の女ね。市井に暮らす平凡な女性なのに、周囲を次々不幸にしていくみたいな。実際にこの世にいる悪女って、そういう女性なんじゃないかな」

「そうですね。考えてみれば、男女とも普通にいるのは傍迷惑な人で、悪人とは違いますよね」

「足利先生は優しくて人格者なのに、どうしてああいう恐ろしい女性が描けるのか、僕は不思議でしょうがない」

「そこが小説家なんですね」

要はさも分ったような顔で応じたが、本当はよく分らなかった。正直、要から見れば足利省吾は雲の上の人だ。

「お待たせしました。牡蠣の中華鍋です」

カウンターの二つ離れた席に座る康平と瑠美のカップルの前に、牡蠣鍋が運ばれてきた。ごま油の良い香りが鍋から漂い、塩見と要の鼻腔(びこう)をくすぐった。

「ちょっと、拝見」

塩見はメニューを手に取り、上から下まで視線を走らせた。と、ある一点で目が釘付(くぎづ)けになった。

「ここ、土手鍋もあるんですね」

「はい。お出ししましょうか？　うちはしめにうどんを入れるんですけど、ご飯も用意してます」

二三が訊くと、塩見は身を乗り出すようにして答えた。

「土手鍋下さい。しめはうどんで」

「先生、土手鍋お好きですか？」

「うん。亡くなった母が大好物で、冬はよく作ってくれたんだ。お宅でも土手鍋はよくやるんですか？」

「うちは一番は牡蠣フライです。ランチの人気メニューなんで。お鍋を出すようになった

「さっちゃんが来てからじゃない？　ランチに小鍋立て出すようになったのと、同じくらいだったと思うわ」

一子が厨房で二三を振り向いた。

「あ、そういえば、そうね」

そうこうしているうちにも、康平と瑠美は鼻の頭に汗を浮かべながら、中華風の牡蠣鍋を食べ進んでいた。

「これ、しめはやっぱ中華そばだけど、ここにはないよね」

康平がそっと瑠美に耳打ちした。瑠美は小さく頷いてから、片手を上げた。

「二三さん、鍋のしめ、リクエストできる？」

「はい、どうぞ」

「素麺か春雨で、お願いできるかしら」

康平だけでなく、二三も思わず膝を打った。素麺を入れればフォー風に、春雨ならスープ春雨になる。どちらも中華スープとは相性が良い。

「はい、どちらでも！」

瑠美は康平を振り向いた。

「どうする？」

「どっちでも」

「じゃあ、素麵にしましょうか。私、中華スープで細麵って、大好きなの」

「というわけで、おばちゃん、素麵ね」

塩見はうらやましそうに康平と瑠美を見た。

「ここ、お客さんのリクエストに色々と応えてくれるんですね」

「うちみたいな店は、それがなくなったらおしまいですから」

二三は笑顔で答えた。お客さん本位は、はじめ食堂を始めた時からの伝統だ。

やがて、要と塩見の前にも牡蠣の土手鍋が運ばれてきた。

「お熱いのでお気を付け下さい」

皐が土鍋の蓋を取ると、ふわっと湯気が立ち上り、味噌の香りが周囲に漂った。

「先生、どうぞ」

要は小鉢に土手鍋の具を取り分け、塩見に渡した。

「……」

塩見は眼を閉じて香りを嗅いでから、汁をすすった。そのうっとりした顔を見れば、はじめ食堂の土手鍋が合格なのが分る。

「一さんは、牡蠣料理は何が一番好きですか?」

「私はやっぱり牡蠣フライですね。子供の頃から一番食べてた料理なんで、舌に馴染んでるんだと思います」

「そうですよね」

塩見は小鉢をすぐ空にして、自ら二杯目をよそった。

「先生は、土手鍋ですね」

「うん。うちで一番よく出た牡蠣料理だったから。これを食べると、子供時代の思い出や亡くなった母の顔が浮かんでくる」

それは要にもよく分った。二三と一子が「空腹は最高のソースだが、想い出も最高の調味料」と言ったのを、よく覚えている。

「実は、僕は土手鍋が原因で好きな人にフラれてしまった」

「え？」

塩見の顔を見直したが、冗談を言っているようには見えなかった。

「僕は研究一筋で、それまで女性と付き合ったことがなかったんだけど、一昨年、『大江戸モテ男列伝』を上梓した後、宝伝社の人が紹介してくれた女性が……理想にぴったりで」

それは宝伝社がセッティングしてくれたお見合いだった。塩見はオタクの例に漏れず、あるアニメの女性キャラクターが好きだったのだが、その女性はそのキャラクターに面差しが似ていた。ひと目見て心を奪われ、胸がドキドキしてうろたえた。

　喫茶店でどうにかぎごちない会話を交わした後、塩見は彼女を食事に誘った。

「ちょうど牡蠣の季節でした。彼女も牡蠣が大好物だというんで、加賀料理の店に行きました。土手鍋で有名な店です。彼女は最初は喜んでいたんですけど、土手鍋が出ると、なぜか機嫌が悪くなって……。鍋にはほとんど箸をつけずに、彼女は帰ってゆきました。次の日、宝伝社の人を通して断りの連絡がありました」

「あのう、その方は何が気に障ったんですか？」

「後で、人を介して知ったんですが、彼女は生牡蠣を白ワインで食べるのが好きだったんです。あんなドロドロした味噌に入れるなんて信じられない、デリカシーがない、と言ったそうです」

　要は呆れてあんぐりと口を開けてしまった。

「何言ってんですか、デリカシーがないのはそっちじゃないですか。土手鍋は日本の伝統料理ですよ。それをクサしといて、生牡蠣で白ワインなんて、ちゃんちゃらおかしいわ。フランス人が生牡蠣で白ワイン飲むのは日本酒を知らないからです。これは私が言ってんじゃなくて、海原雄山が言ってんだから、絶対です！」

　要は一気にまくしたてた。二三の娘だけに、食べ物のことで人を貶めるような人間は許せないのだ。

　塩見は呆気にとられたような顔で要の口上を聴いていたが、やがて気弱く微笑んだ。

「そう思いますか？」

「断固、そう思います。うちの母が言ってましたけど、タンパク質は基本的に火を通した方が美味しくなるんです。生牡蠣より牡蠣フライ、土手鍋です。帝都ホテルの元社長さんは、フランスへ行った時、パーティーで生牡蠣の前に群がってる人を見て、一生牡蠣フライを知らないのを気の毒に思ったたって仰ってました」

塩見は霧が晴れたように、晴れ晴れとした表情を浮かべた。

「なんだか、二年越しのもやもやが吹っ切れました」

もやもやの正体は未練だったのだろう。

「よく分んないですけど、良かったですね」

「はい。ありがとうございました」

塩見は器に残った汁を飲み干し、三杯目の土手鍋をよそった。

これをきっかけに、塩見が西方出版で原稿を書いてくれたらと思い、二三はそっと要の顔を見た。

要も成功を確信して、喜色満面だった。

どうも、何もかもうまくいきすぎると、ちょっと心配になる。

躓（つまず）かなきゃいいけど……。

取り越し苦労に終わることを願いつつ、二三はカウンターに並んだ要と塩見を見比べた。

第二話 ● 発酵レストラン

「さっちゃん、鶏じゃがって、牛が鶏になった肉じゃが？」

ご常連のワカイのＯＬが、黒板の日替わりメニューを指して訊いた。鶏じゃがは初登場の新メニューだ。

「肉じゃがとは全然違います。塩味でオリーブオイルと黒胡椒だから、ちょっとイタリアンかしら」

「じゃ、私、それにするわ」

「はい、ありがとうございます。日替わりで鶏じゃが一つ！」

皐は厨房を振りむいて注文を通した。

鶏じゃがは鶏のもも肉をオリーブオイルで焼き、ジャガイモとキャベツを加えて煮た料理で、仕上げに黒胡椒と刻みパセリを振る。白ワインの進む味だが、塩味をしっかりつけてあるので、ご飯のおかずにもピッタリだ。

皐が「ｄａｎｃｙｕ」で見つけてランチに提案したメニューなので、注文してくれるお客さんが何人もいてホッとしている。

「俺、鯖味噌ね」

隣の席のサラリーマンは、皐に注文を告げると立ち上がり、カウンターに並べた小鉢を取って、席に戻った。一つ五十円の小鉢は、ほとんどのお客さんが取ってゆく。はじめ食堂の新しい挑戦は、成功したようだ。

ちなみに今日の小鉢は、定食のセットが揚げ出し豆腐、有料品が春菊のナムルだった。余ったら夜のお通しに使う予定だが、いつも大して残らない。

本日の日替わりは鶏じゃがと豚の生姜焼き、焼き魚はホッケの干物、煮魚はサバの味噌煮。ワンコインは親子丼。味噌汁は大根と油揚げ。漬物は一子自慢の白菜漬け。これにドレッシング三種類かけ放題のサラダがついて、ご飯と味噌汁はお代わり自由。

泣く泣く定食セットの小鉢を一品減らしたが、定価七百円は死守した。この内容で七百円は、そうざらにあるもんじゃないと、二三は自分をほめてやりたくなる。一子も皐も、はじめ食堂を支えるメンバーは、みんな同じ気持ちだろう。

「おばちゃん、去年バレンタインの後に、何かイベントやったよね？」

勘定を終えた中年のお客さんが、カウンター越しに二三に声をかけた。

「ああ、天皇誕生日の奉祝イベントね。今年もやりますよ」

「ラムの串カツだったっけ？」

「そうそう。ラムと鶏の二本付け」

「じゃ、そん時は俺、串カツね」

「は～い。ご予約ありがとうございました！」

二三が笑顔で答えると、お客さんは軽く片手を振って出て行った。

二月のイベントは節分とバレンタインデーだけだったが、今上天皇が即位されてからは、天皇誕生日も加えることにした。もちろん当日は休みなので、その前後になる。

ともあれ、お客さんが祝賀イベントを覚えていてくれたことは嬉しかった。定着すれば、常連さんの楽しみも増えるだろう。


「鶏じゃがは盲点だったな。確か塩味の肉じゃがってレシピは見た記憶はあるんだよね。コンソメスープ使うやつ」

じゃがいもを箸でつまんだ万里は、改めてしげしげと眺めた。

「私、前に鶏肉のすき焼きは食べたことあるのよ。でも鶏じゃがは思いつかなかった。さすがね、さっちゃん」

万里と二三に褒められて、皐はいくらか面映ゆそうな顔をした。

「私が考えたわけじゃなくて、ただレシピ見つけただけだから」

二三は大げさに首を振った。

「そこで読み飛ばして終わるか、うちで使えると閃くか、その違いは大きいわよ」

一子もゆっくりと鶏じゃがを咀嚼しながら頷いた。

「本当に、料理の本は山のようにあるけど、うちで使えるかどうか、それが大事よね」

「これは黒胡椒が利いてるから、白ワインには鉄板ね。それと、焼酎にも合うと思うわ」

康平の勧めで、近頃のはじめ食堂は焼酎の品揃えも充実させている。今週は知覧産のサツマイモ「黄金千貫」と知覧茶を同時に仕込んだ焼酎「知覧Ｔｅａ酎」を仕入れた。緑茶の風味の冴えわたる旨味は「緑茶ハイ」とは完全に別物だ。ファンになるお客さんは少なくないと、二三は確信している。

「そうそう、今度の土曜日、足利先生に予約いただいた。妹さんと姪御さんを加えて四名さまで。奥さんの誕生祝だって」

「あら、良かったわね」

足利省吾は人気の時代小説家で、要が編集を担当している。対談後の食事に招待されて、すっかり「八雲」を気に入ったようだと言っていた。

「奥さんがフグが好きだから、リクエストはフグ料理。もちろん、別料金になるけど……」

万里は揚げ出し豆腐を飲み物のように吸い込んだ。

「八雲のご主人は、フグも調理できるの？」

フグは「ふぐ調理師免許」を持った料理人でないと提供できない。石原慎太郎が都知事の時代、二三が調理師試験を受けた時は、調理師の筆記試験は料金が四千円ほどだったが、ふぐ調理師試験は一万七千円だった。きっとフグを使って実技試験をするのだと、尊敬の念を抱いたのを覚えている。

「親方はフグでも鰻でも、リクエストがあれば何でも作るよ」

当然のように答えて、少しうらやましそうに付け加えた。

「先生、『フグは刺身と白子と唐揚げがあれば結構です。鍋はおなか一杯になるから要りません。あとはお任せします』だって。売れっ子は違うよなあ」

「でも、足利先生の気持ちはよく分るわ。せっかく八雲で食事するのに、鍋でおなか一杯じゃ、つまらないものね」

一子はうっとりと目を細めた。きっと去年八雲で食べたジビエ会席を思い出しているのだろう。

「親方は喜んでた。ぶっちゃけ、鍋とか陶板焼きはやりたくないんだよね。ほら、調理をお客さんにゆだねるわけでしょ。ま、リクエストがあればお応えすると思うけど」

「そういえば、高級なすき焼き屋さんは、仲居さんがお鍋を担当してくれるわよね」

皐も思い出す顔で言った。「風鈴」時代にお客さんに高級すき焼きをご馳走になったのだろう。

「でも、小鉢の売れ行きも良いみたいじゃん」

万里はカウンターをちらりと見て、テーブルに目を戻した。各自小鉢を二品取り、カウンターに残っているのは三つだけだ。

「値上げしたようなしないような、曖昧(あいまい)作戦でいったのが良かったのかもね」

皐は一度頷いてから、しみじみと漏らした。

「お客さんだって納得してるんですよ。平成から令和までずっと、小鉢二品付き七百円で頑張ってきたんですから」

「そうだよな。これだけのランチ銀座で食べたら、軽く千円超すよ」

「それもみんな、あなた方のおかげよ」

一子は二三、万里、皐を順に見て言った。

「ふみちゃんのおかげで店をたたまずにすんだ。万里君のおかげでワンコインとテイクアウトが始まって、さっちゃんのおかげで初めて鰻を出した。だから、お客さんも飽きずに足を運んでくださる」

「それを言うなら、全部おばちゃんのおかげだよ。大黒柱がしっかりしてるから、目先を変えても店がぶれない」

お約束のどや顔も見せず、万里の口調は真面目(まじめ)だった。居酒屋でのバイト経験はあるものの、責任感のないニート青年だった万里が一人前の料理人に成長し、今、さらなる高みを目指して精進しているのは、ひとえにはじめ食堂という掌(てのひら)で転がしてくれた、一子の度量のおかげだった。

皐は黙って頷くだけだったが、気持ちは痛いほどに伝わってきた。性同一性障害を抱える身で、普通の居酒屋で普通に働いていることが、皐には貴重な経験なのだった。皐が店にもお客さんにもすんなりと受け入れられたのは、大黒柱として店を守ってきた一子の信念が、隅々まで行き渡っているからに他ならない。

しかし、当の一子はまたしても夢見るようなまなざしになった。

「ああ、話してたらまた思い出した。春になったら、またみんなで八雲に行こうね、ふみちゃん」

知覧Ｔｅａ酎は見た目は透明なのに、口に含むと緑茶の風味とふくよかな旨味が広がる。上質な茶の存在感と芋焼酎の滑らかさが渾然一体(こんぜんいったい)となった、唯一無二の味と言ってよい。

「……なるほど」

康平の説明を聞いた瑠美(るみ)は、焼酎の四合瓶に顔を近づけた。瓶もラベルも緑系の色合いだ。

「これ、どうやって飲むのが良いの？」

「俺はソーダ割が一押しだけど、女性のお客さんなら、牛乳割もお勧め。抹茶ミルク風味になる」

「どうしようかなあ」

瑠美はしばらく決めかねていたが、結局牛乳割を選んだ。

「牛乳を使ったお酒って、私、カルーアミルクしか知らないわ」

瑠美はお通しの小松菜と油揚げの炒め物に箸を伸ばした。醤油と砂糖を使った定番ではなく、中華スープとごま油の中華風だ。

「あらあ、これも美味しいわねえ」

「錦糸町の中華料理屋で、青菜と湯葉の炒め物を食べたんです。優しい味で美味しかったんで、うちでも真似して。湯葉は高いので油揚げにしました」

説明しながら知覧Ｔｅａ酎のソーダ割と牛乳割を作り、康平と瑠美の前に置いた。

「乾杯」

軽くグラスを合せ、牛乳割を口に含んだ瑠美は、目を丸くした。バニラや生クリームのような風味は、牛乳が焼酎の油分と混ざり合って生まれたのだろう。茶葉の香りと甘みも消えることはなく、軽い苦みにミルキー感が上乗せされて、なるほど、抹茶ミルクを彷彿させる。

「これ、美味しいわねえ」

「だろ。女性には絶対受けるよ」

　康平は嬉しそうに付け加えた。

「二杯目はソーダ割で飲(や)ってみて」

　二人はメニューを広げ、楽しそうに相談を始めた。

「からし菜と生ハムのサラダ！　これは外せないわ」

「からし菜、今が旬だっけ」

「うん。それに私のレシピだから」

　瑠美は二三に向かってにやりと微笑(ほほえ)んだ。二三もぐいと親指を立てて応えた。

　ピリッとしたほど良い辛味があるからし菜は、漬物やお浸しのイメージが強いが、生のままサラダにしてもとても美味しい。そして炒め物やパスタにも合う。

「あとは菜の花。菜の花とタコの塩麹(しおこうじ)炒めと、ハマグリと菜の花のクリーム煮、行かない？」

「うん。ハマグリは酒蒸しも食いたいな」

「酒蒸しは日本酒ね」

「それとふきのとうの天ぷら」

「とりあえず、それでお願いします」

　瑠美はメニューを置くと、再びグラスを傾けた。

「でも、考えてみれば不思議。康平さん、どうして今まで焼酎に力を入れなかったんですか？」

二三の隣で手早くサラダを和えながら、皐が尋ねた。

「そうよね。日本酒にはこんなに熱心なのに」

瑠美も腑に落ちない顔で訊いた。

「う〜ん、何故かなあ」

「康ちゃんのお祖父さんの代は、うちじゃ焼酎は仕入れなかったわね。まあ、洋食屋だったせいもあるけど」

カウンターの隅に腰かけた一子が言った。康平の祖父の銀平の時代から、はじめ食堂では辰浪酒店からすべての飲料を仕入れていた。

「そうそう。祖父さんの代まで焼酎は焼鳥屋とか、一杯飲み屋で出すもんだった。親父の代になって、第一次焼酎ブームが来たのかなあ。今から四十年くらい前」

その頃から焼酎を置く飲食店は増えて行った。

「うちもその流れで、焼酎を仕入れる店が増えてきて、取扱量も増えてはきたんだけど、やっぱり主力はビール、洋酒、日本酒、ワイン、それとウーロン茶かな」

やがて十年ほど前、第三次焼酎ブームが巻き起こった。

「あの時は一部ブランドの争奪戦になっちゃってさ。ネットで偽物が出回って騒ぎになったり。それで、なんとなく敬遠気味になったまま、今に至ったんだけど」

康平は知覧Ｔｅａ酎を二口ほど飲んだ。

「これからは日本酒と同じく、押してくつもり。何といっても日本の酒だし、飲み方のバリエーションも多いし、若者に支持されていくと思う」

サラダに続いて塩麹炒めの皿が運ばれてきた。市販のゆでダコとさっと湯がいた菜の花を炒め、塩麹で味付けしただけの料理だが、塩麹の塩気と甘みが微妙に作用して、素材の味を引き立てる。

「塩麹もすっかり食卓に定着したわね。スーパーへ行っても、いろんな種類が並んでるわ」

「そりゃいい。酒屋は麹に足を向けて寝られないんだ。日本酒の発酵のもとは麹菌だから」

「あ、そうか。なるほど」

瑠美はタコと菜の花を箸でつまみ、「お世話になっております」と言って軽く頭を下げた。

「よう」

そこへ入口の戸が開き、山手政夫が入ってきた。

「いらっしゃい」

軽く片手を上げ、康平と瑠美に目顔で挨拶してからカウンターに腰をおろした。康平たちとは椅子二つ空けた席だ。

「小生」

おしぼりとお通しを運んできた皐に告げた。今日も日の出湯帰りらしく、顔が少し上気している。

「政さん、お宅で仕入れた青柳とハマグリがあるのよ」

一子がカウンターの隅から声をかけると、山手は嬉しそうに答えた。

「そりゃあ、食わずんばだ」

「青柳、ぬたとかき揚げ、どっちにする？」

「ぬた」

「ハマグリは菜の花と潮汁にしましょうか？　残ったお汁でにゅう麺もできるけど」

「ああ、それで頼むわ。それと、卵料理を何か」

「はい、ありがとうございます」

答えながら、二三は少し寂しくなった。十年くらい前の山手は、今の倍は食べられたのに。

しかし、すでに後期高齢者になったことを考えると、毎日店に立ち、趣味の社交ダンスを続け、間遠になったとはいえこうしてはじめ食堂に来てくれるのだから、立派なものだ。少しでも長く今の健康状態を維持してくれれば、それで十分ではないか。そう思おう。

「おじさん、俺、今月瑠美さんと一緒に、蔵元巡りしてくるよ」

康平は山手に向かって、軽くグラスをあげた。いたって気軽な口調だったが、山手のみならず、二三たちはじめ食堂のメンバーもちょっと意表を突かれた。二人の仲は、これまでより急激に進展しているらしい。

「ほう。そりゃ結構だ。で、どこら辺へ行く？」

「北関東。埼玉、栃木（とちぎ）、群馬」

「なんだ、安近短だな」

「そう馬鹿にしたもんじゃないよ。東京近郊は酒蔵の数も多いし、良い蔵元も揃ってる」

「それに、気軽に行けるし。便利でいいわ」

横から瑠美も口を添えた。

「先生は忙しいものね。遠出するのは大変だわ」

「でも、今年からは二人の時間を最優先にするつもり。だって世の中、いつ何が起こるか分らないもの」

瑠美はキッパリと答えた。昨年末、身近で起こった事件を経験して、その思いを強くしたのだろう。

「それで、今回行ってみて気に入ったら、来年は山陰の酒蔵を巡ろうと思うんだ」

「気に入らねえわけがねえ。おめえにゃ、新婚旅行みたいなもんだろうが」

山手がずけずけ言っても、康平も瑠美も照れず笑っている。

「はい、お待ちどおさま」

皐が山手の前に青柳と分葱のぬたの器を置いた。酢味噌は山手向けに、甘さ控えめで辛子をピリリと利かせた大人の味だ。

「こいつぁ、日本酒だなあ」

青柳を一箸口に入れてつぶやいて、山手は康平を見た。酒のことは酒屋の若旦那に訊くに限る。

すかさず康平はカウンター越しに尋ねた。

「おばちゃん、おじさんの次の料理は何？」

「コンビーフ入りスクランブルエッグ」

「そんじゃ、神亀のひこ孫をぬる燗で頼みなよ。三年熟成した濃醇辛口の代表。燗にするとトロりと甘くて、うまくなる。脂っこい料理とも相性が良いから、スクランブルに合うよ」

山手がにやりと笑って二三を見た。

「というわけだ。一合頼む」

「はい、毎度」

皐が手早く徳利に神亀を注ぎ、タイマーを二分半にセットして鍋の湯に漬けた。二三はハマグリの酒蒸しを作り終えた。

「ああ、いい香り」

康平も瑠美も皿から立ち上る湯気を吸い込んだ。酒と潮のアンサンブルが鼻腔（びこう）を通り抜け、食欲中枢を刺激する。二人はハマグリを一つ食べると、焼酎割で舌を冷やした。二つのグラスはすぐに空になった。

「ねえ、康平さん、私たちも神亀のぬる燗にしない？　クリーム煮も天ぷらも合うんでしょ」

「そうだね。さっちゃん、こっちも神亀のぬる燗、二合ね」

「はあい」

その声が合図だったかのように、次々と常連さんがやってきて、店はたちまち満席になった。それぞれ好みの酒と料理を前にして、にぎやかに、しかし和気藹々（わきあいあい）と時間が過ぎた。

八時過ぎに、お客さんが一人入ってきた。

「いらっしゃいませ」

大学教授の塩見秀明（しおみひであき）だった。要が担当する人気時代小説家足利省吾との対談をきっかけに、はじめ食堂にも来てくれるようになった。

いや、来てくれるどころの話ではない。最初に来店してからというもの、週に二回、三回と訪れる。通ってくれるといっても過言ではない。

「先生、カウンターになりますが、よろしいですか？」

「もちろん、かまわないよ」

塩見はカウンターの空いた席に腰を下ろした。おしぼりとお通しを持っていった皐は、さっそく知覧Ｔｅａ酎を売り込んだ。

「今日は珍しい焼酎が入ってるんですよ」

「今日も、でしょう。どんなやつ？」

「知覧茶と芋をブレンドして醸した焼酎です。爽やかで飲みやすいって、評判ですよ」

「じゃあ、それもらいます。飲み方は何が良いの？」

「お勧めはソーダ割です」

塩見は迷わずソーダ割を選び、メニューを広げた。

「先生、すみません。今日は牡蠣がないんですよ」

二三がカウンターの中から声をかけると、塩見は軽く片手を振った。

「他に美味しそうなものがあるから、大丈夫。えーと、青柳のぬた、菜の花とタコの塩麹炒め、ふきのとうの天ぷら、それと……」

塩見はメニューを上から順に見ていったが、不意に目を上げた。

「ハマグリと菜の花のクリーム煮？　ハマグリって、クリーム煮に出来るの？」

「はい。クラムチャウダーって、二枚貝のクリーム煮ですから」

日本ではアサリを使うことが多いが、発祥の地である米国では様々な貝を入れて作る。味わいもクリーム煮というより、ごった煮や具沢山スープに近い。

「よろしかったら残りのソースで、クリームパスタをお作りしましょうか？」

「え、ホント？　食べたい！」

塩見はたちまち目を輝かせた。細身でもやしっ子が大人になったような印象だが、意外とよく食べる。

「ああ、ほんとだ、お茶の香りが口に広がる……」

知覧Ｔｅａ酎のソーダ割を一口飲んで、塩見は目を丸くした。

「焼酎の世界も深いなあ」

塩見はソーダ割のグラスを見つめて、感心したように頭を振った。

その様子に、二三は微笑ましさを感じた。塩見はよく食べる上に、勧めた料理は必ず注文してくれる。店にとっては福の神のようなものだ。だからつい、酒も料理も勧めたくなる。

「前から失礼します」

二三は青柳のぬたの器を塩見の前に置いた。

「先生、てんぷらから日本酒になさいませんか？　今日は神亀のひこ孫というお酒が入ってるんです。お燗で飲むと、それはもう……」

康平の受け売りを述べると、塩見は即座に頷いた。二三はますます塩見に好意を持った。

八時半を過ぎると、お客さんたちは一人、二人と帰り始めた。はじめ食堂は九時閉店なのだが、それでもコロナ禍以来、お客さんの退きが早くなった。夜遅くまで飲む習慣そのものが、廃れてきたらしい。深夜近くまで営業している店は、どれほど痛手を被るか、考えただけで二三は胸が痛む。

残っているお客さんは、塩見のほかに二人だけになった。その二人も皐に「お勘定して」と告げた。

「美味しい。ハマグリの出汁がクリームソースに溶けて、なんて贅沢な味なんだ」

塩見は皿の中のハマグリと菜の花を食べ終えて、遠慮がちに二三を見た。

「あのう、パスタお願いしていいですか？」

「もちろんですよ。少しお待ちくださいね」

あらかじめ準備しておいたので、沸騰した鍋にパスタを入れて茹で始めた。普通のスパゲティより少し細めなので、茹で時間もその分短い。

フライパンにオリーブオイルを垂らし、パスタを入れたら茹で汁を少し加え、かき混ぜながら塩胡椒で味を調える。残ったクリーム煮のソースと和え、最後にバターを落とす。皿に盛り、仕上げに乾燥パセリを振って出来上がり。

「しめのパスタ、良いですねえ」

気を使わなくてよい店なので、塩見は嬉しそうに音を立ててパスタをすすり込んだ。

「僕はイタリアンのコースで、どうしてパスタが最後に出てこないのか、いつも不思議に思うんですよね」

「私もですよ。もしかして、ほとんどの日本人は同感するんじゃないですか。だってしめは茶そばですからね」

「そう、そう」

お客さんがみんな帰ってしまったので、塩見は皿を両手で持って、ずずっと残りのソースをすすった。

二三はそうやって気取らずにものを食べる人が好きだった。一子を見ると、カウンターの隅で目を細めている。ふと目が合って、二人は小さく笑みを交わした。

皐が暖簾(のれん)をしまおうと引き戸を開けた時、要が帰ってきた。

「ただいま」

「おかえりなさい」

皐は黙って後ろを振り向き、目で塩見を指した。要は小走りにカウンターに近づいた。

「いらっしゃいませ」

要が頭を下げると、塩見もあわてて椅子から滑り降りた。

「どうも、お邪魔してます」

「ご贔屓にしてくださって、ありがとうございます」

「いや、おかげで僕も助かってます。美味しくて身体に良いもの食べられて」

塩見は早口で言うと、財布を取り出した。

「ごちそうさま。どうも、遅くまでお邪魔しました」

塩見は何故かいたずらを見つかった子供のように、あわただしく勘定を済ませ、店を出て行った。

「ありがとうございました」

要は店の外まで出て見送り、すぐに引き返してきた。

その瞬間、二三と一子と皐は素早く視線を交わし合ったのだが、要はまるで気づかなかった。

「さあて、ご飯にしようか」

一子がカウンターから立ち上がり、二三と皐も残った料理をテーブルに並べ始めた。

「要、クリーム煮でパスタ作ってあげようか?」

「今日はいいや。昼、パスタ食べたから」

要は冷蔵庫から缶ビールを取り、テーブルに着いた。

「ねえ、塩見先生、なんか言ってない?」

「何を?」

要は怪訝な顔で二三を見返した。

「ほら、あんたの会社で新作書いてくれることになったんでしょ。打合せとかあるんじゃないの？」

「学術系だから、部署違うもん。丹後が担当してる」

要はあっさり否定して、美味そうにビールを飲んだ。

「タイトルを『大江戸オカルト犯科帳』にするか『本当にあった怖い江戸』にするかで悩んでるんだって。今日、丹後が言ってた」

一子が催促するように、そっと肘でつついた。二三は思い切って核心に触れた。

「あのねえ、このところ塩見先生、三日に上げず来てくださるのよ」

「そりゃ、良かったじゃない」

「うん、店としてはね。でも、何故だと思う？」

「毎日コンビニの弁当じゃ飽きるからでしょ。先生、自炊できないって言ってたし。うちはメニュー豊富でリーズナブルだから、そこがお気に召したんじゃないの」

「まあ、それもあるだろうけど、毎回八時頃に見えて、閉店前後にあんたが帰ってくると、あわててお帰りになるわけよ。何かあると思わない？」

「そりゃあ先生の都合でしょ」

二三は助けを求めるようにちらりと皐を見た。皐はコホンと咳払いをして、おもむろに言った。

「あのう、先生は要さんに会いたくていらっしゃるんじゃないかと思うんです」

「はあ？」

「ほら、先生が土手鍋を貶（けな）されてフラれた話をしたとき、要さん、先生のためにすごく憤慨してたじゃありませんか。あれで、先生は要さんを好きになったんじゃないかと思うんです」

要はあんぐりと口を開けた。

「んな、ばかな」

「でも、そうとしか考えられないですよ」

「だって、私、個人的に何も言われたことないわよ。そもそも担当が違うから、あれ以来先生と二人で会ったこともないし」

「先生はオタクなんです。奥手なんです」

皐は諭すような口ぶりになった。

「好きな女の子の前に出ると何も言えなくなっちゃうタイプなんですよ。ほら、小学生くらいの男の子なら、いるでしょ」

「そうそう。だから、せめてひと目会いたくて、八時になると足がうちへ向かうのよ」

「バカじゃないの」

要は思い切り顔をしかめた。

「大体、ちょっと前に人間の女にフラれて傷ついたわけでしょ。もう生身の女は懲り懲りなんじゃないの」

「いや、むしろそれがきっかけで目覚めたんですよ、恋に」

皐が真面目くさって言うと、要は「うへ～」と天を仰いだ。

「やだ、どうしよう。先生には書いてほしいけど、好きでもない人と付き合うなんて御免だし」

「ま、様子を見るんだね」

一子がキッパリと言った。

「向こうがなんとも言わないのに、こっちがあれこれ考えたってしょうがない。ただ、塩見先生があんたに惚れてる可能性があることだけは、一応伝えておくね」

「うん。分った」

要は悩まし気にため息をついた。

「今は女性誌は《モテる》がパワーワードだけどさ、好きでもない人に好かれたって、煩わしいだけだと思うよ」

要は一子と皐の顔を見た。

「私は全然モテるタイプじゃないから関係ないけど、お祖母ちゃんやさっちゃんは、好きでもない男に迫られて嫌な思いしたこと、いっぱいあるよね」

現に皐は逆恨みで嫌がらせをされたことがある。

「あたしは全然」

一子はけろりとした顔で答えた。

「え～、うそー」

「お祖母ちゃんは十代でお祖父(じい)ちゃんと結婚したから、ある意味守られてたのよ。恋愛の対象外に置かれて」

二三が一子の代わりに補足した。

「孝蔵(こうぞう)さん、超かっこいい人ですもんね」

一度写真を見たことのある皐が、うらやましそうに言った。

「たいていの男は孝蔵さんを見た途端、戦意喪失しますよ」

いわゆる《モテ期》の経験がない二三は、男女を問わずモテる人の気持ちが分らない。得意絶頂な気分の反面、嫌な思いもするだろうと、ぼんやり想像するくらいだ。

「女性誌の広告はやたら《モテる》が目につくけど、本当はどうなのかしらね。昨今はストーカー殺人が取りざたされてるのに、不特定多数の異性の注目を集めるって、危険だと思わないのかな」

高校の同級生だった松木理沙(まつきりさ)は超のつく美人でモテモテだったが、今は決して幸福ではない。同じ超美人の一子はいくつもの苦難を経験したが、すべて乗り越えて毅然としている。それはきっと一子が《モテ》とか《美人》という価値観に、少しも惑わされずに生きてきたからかもしれない。

要が茶碗にご飯をよそいながら言った。

「お母さん、お祖母ちゃんの生海苔、どこ？」

一子が醤油と酒で煮た生海苔は、フレッシュな海苔の旨味を残していて、佃煮とは違う冬の風物詩だ。

「冷蔵庫」

答えた途端、二三も一子の海苔でご飯が食べたくなった。

北関東の茨城、栃木、群馬、そして埼玉は豊かな自然と水系に恵まれ、酒造りに適した土地柄である。埼玉県は三十四の蔵元を有し、常に日本全国でも上位の日本酒生産量を保っている。茨城県は関東最大の三十六の蔵元があり、栃木、群馬にもそれぞれ三十近い蔵元があって、日本酒を作り続けている。

「私、栃木のお酒って、大那と仙禽と鳳凰美田しか知らないわ」

「それだけ知ってりゃ立派なもんだって」

瑠美がため息交じりにつぶやくと、康平が笑顔で応じた。

二人は天皇誕生日から週末にかけて、二泊三日の予定で蔵元巡りをしている。初日は埼玉、二日目の今日は栃木にやってきた。どの県も一日で全部の蔵元を訪ねることはないので、どこを訪ねるかは康平も頭を悩ますところだった。

今日は栃木県の南西部にある小山(おやま)市の蔵元四軒を訪ねた後、日光市へ移動した。今夜は日光に泊まり、明日は市内の酒蔵を訪ねて東京へ帰る。

群馬へ行かず、栃木県で二日を費やすことになったのは、理由がある。

「日光にある田桑(たくわ)酒造って蔵元さん、ご主人が体調崩して蔵の存続が危ぶまれたんだけど、去年息子さんが帰ってきて、跡を継ぐことになったんだ。今年は二人で新酒を仕込んだんで、是非寄ってくださいって連絡が来て……」

そんなわけで、明日は田桑酒造を訪問する。積もる話もありそうなので、少し長居することになるだろう。

「というわけで、まずは乾杯」

康平と瑠美はワイングラスを合せた。

二人が宿泊するのは日本最古のクラシックリゾートホテル、日光金谷(かなや)ホテル。そして今、そのメインダイニングルームでディナーが始まる。頼んだ料理は百年前に提供されていたというクラシックディナーコース。康平はこの旅行のためにかなり気張った。

「お昼、軽くしといてよかったわね」

瑠美の言葉に康平も頷く。昼食は名物の湯葉そばにしたから、今はちょうどよい空腹加減だ。

「でも、その息子さん、戻ってきて、すぐ酒造りができるの？　杜氏さんになるには、訓練が要ると思ったけど」

黄金色のコンソメスープをスプーンですくって、瑠美が尋ねた。

「蔵元の息子だから、農大の醸造科は卒業してる。ただ、そのあとイタリア料理にはまって、海外に修業に行っちゃったんだって」

「あら、まあ。変わり種ね」

「うん。でも、料理の経験があるのは、酒造りにプラスになると思うよ。料理と酒の合せ方とか、分るだろうし」

スープの次は日光虹鱒の金谷風ソテーが運ばれてきた。

「それにしても、日本人は偉いよなあ。百年も前から、こんな立派なフレンチ出してたんだ」

「そうよね。明治になるまで洋食なんか食べたこともなかったのに、今じゃ東京がミシュランの星を持つ店が一番多いんだもの」

瑠美もしみじみと言った。

「私が今の仕事をしていられるのも、先人たちのおかげだって感謝してるわ。家庭料理の豊かな文化がなかったら、料理研究家なんて仕事は上がったりよ」

康平と瑠美は互いの気持ちを確認するように、もう一度グラスを目の高さに掲げた。

田桑酒造は日光東照宮から中禅寺湖方面へ、車で十五分ほど行った位置にあった。日光市には天保年間創業の渡邊佐平商店、明治十三年創業の片山酒造、そして明治二十年創業の田桑酒造の三軒の蔵元があり、いずれも高品質の銘酒を醸している。

康平と瑠美は片山酒造と渡邊佐平商店の蔵を見学した後、田桑酒造に向かった。もちろん、日光東照宮も日光江戸村も素通りした。

酒蔵を見学すると、地酒の試飲はお約束である。だから車の運転はできない。康平は蔵元巡りをするときは、タクシーを一日契約することにしていた。地方のバスは路線が少ない上に本数も間遠で、とても頼りにできない。

タクシーに揺られていると、試飲した酒がゆっくり回ってくる。ごく少量しか飲まなかったのに、ほろ酔いになりそうで、瑠美は小さくあくびをした。

「ねえ、康平さん。蔵元さんって、顔立ちの良い人が多いと思わない？」

「うん。俺もそう思う」

康平は二十代の頃から日本全国の蔵元を巡っているから、たいていの蔵元と顔見知りだった。

「日本酒って、美容に良いのかしら」

「それは分んないけど、酒造りってある程度資本力がないとできないでしょ。必然的に蔵元さんって、地元の有力者や名士が多くなる。そうすると美人の嫁さんもらったり、美人のお妾さん囲ったり出来るから、美の遺伝子が子孫に受け継がれたんじゃない」

「なるほど。説得力あるわ」

やがてタクシーは田桑酒造に到着した。

多くの蔵元と同様、そこも高い塀を巡らした広い土地にどっしりした門構え、軒下には大きな杉の葉の玉飾りが吊り下がっていた。

新酒が出来たことを知らせるこの杉玉は、だいたい二月から三月に新しいものが吊るされる。今は緑が鮮やかだが、夏になると緑が薄くなり、秋になると茶色く変色する。杉玉の色は、酒の熟成具合と歩調を合せているのだ。

「ごめんください」

門を入り、母屋と思しき建物の玄関の前に立ち、声を掛けたが返事がない。

と、いきなり玄関の戸が開き、体格の良い男性が飛び出してきた。一瞬で顔は良く見えなかったが、三十代だろう。

「この、でれすけ畜生！」

尻上がりのイントネーションの怒声が、男性を追いかけるように響いた。でれすけとは栃木弁で馬鹿野郎という意味だ。

康平と瑠美が唖然として棒立ちになっていると、顔を紅潮させた初老の男性が表に出てきた。身体が大きく、いかつい顔立ちだが、よく見れば人の好さがにじみ出ている。

「や、これは」

二人の姿を見るなり、うろたえて目を泳がせている。

「どうも、お久しぶりです」

康平も瑠美も、何事もなかったように挨拶した。田桑酒造の当主・善次郎も落ち着きを取り戻し、丁寧に挨拶を返した。

康平によれば「善次郎」は代々当主に受け継がれてきた名前で、家督を相続すると同時に改名する。歌舞伎役者の襲名とは違い、戸籍も免許証も保険証も全部書き換えるので、大変な手間だったそうだ。

「体調が回復されて、良かったですね。酒造りを再開なさって、何よりです。おめでとうございます」

「その節はご心配いただいて、恐縮です」

落ち着いている時の善次郎は、きちんとした標準語を話した。先刻はよほど腹を立てていたのだろう。

「遠いところをわざわざ、ありがとうございました」

色白で品の良い女性がお茶を運んできた。善次郎の妻の小百合で、二人が並ぶとまるで《美女と野獣》だ。

「どうぞ、酒蔵をご覧ください」

ひとしきり世間話をした後で、善次郎は先に立って、二人を蔵の方へ案内した。

蔵に入ると、まず目についたのはやや扁平な形の大きな和釜だった。

「ここに甑を載せて酒米を蒸すんですよ」

甑とは蒸し器の一種だ。康平は何度も訪れて酒蔵のことは熟知しているので、善次郎は瑠美に向かって説明していた。

隣には井戸がある。そこの湧水を使って酒を造るのだ。

「初代はまず井戸を掘って、その周りに蔵を立てたんです」

奥には麹室があった。そこだけは新しく改築したらしく、古い蔵の中で壁の杉材が新しい。大きさは五メートル四方くらいで、素人目にも上質の木材を使って丁寧に作られていることが分った。床の上には木製の箱が積み上げられていた。

「麹を手作りするための箱です」

縦六十センチ、横八十センチくらいの大きさで、麹を五～六キロ盛れる大きさだという。

さらに仕込みタンク、酒を絞る古式の槽などの説明が続いた後、お待ちかねの試飲タイムとなった。

「うちの看板商品『紫雲』の純米大吟醸です。まだ若いですけどね」

　出来立ての新酒はフレッシュで、果物のように爽やかだった。

「酒米は山田錦ではなくて、夢ささらを使ってるんですよね」

　康平が訊くと、善次郎は嬉しそうに答えた。

「大吟醸には一番向いてるんですよ」

　夢ささらは十三年越しの研究の末に生まれた栃木の「酒造好適米」で、同じく「とちぎ酒14」と共に、近年は県内の酒造メーカーが好んで使うようになった。

「麹室は新築なさったんですか？」

「平成元年に。これまでの室はガタが来てたもんで。麹は酒造りの命です。昔から酒造りに大切なのは、一麹、二酛、三造りと言われてるんですよ」

「ワインも日本酒も醸造酒で、酵母がブドウ糖を餌にしてアルコールを発生させるのは同じ。でも、ワインの原料は葡萄で、元々ブドウ糖が含まれてるから、酵母と混ぜるだけで発酵する。でも日本酒の原料は米で、成分はデンプンだから、このままでは発酵しない。しかし、麹はデンプンをブドウ糖に変えてくれる。だから麹なくして日本酒はないってこと」

　康平は「並行複発酵」という、日本酒の発酵の仕組みを解説した。

「麹菌は、まさに『国菌』ですね」

瑠美が感心して呟いた。

「私、以前、秋田今野商店という、有用菌や微生物を扱っていらっしゃる会社の社長さんにお目にかかったことがあるんです。その時、秋田社長が『国花、国旗、国鳥、国技など、国を代表する事物がいくつもある。それなら国を代表する菌として、麴菌を国菌と称したい』と仰っていたのが忘れられません。日本酒もお醬油も味噌もお酢もみりんも、みんな麴菌ですものね。麴菌なくして、日本の食文化はあり得ません」

「その通りですよ！」

善次郎は我が意を得たりと言わんばかりに胸を張った。そして次の瞬間、苦々し気に顔をしかめた。

「それをまったく、うちのあんぽんたんは……」

善次郎はみなまで言わずに口を閉じた。康平と瑠美は黙って続きを待った。善次郎は情けなさそうに首を振り、先を続けた。

「うちのせがれですよ」

「イタリアから帰国して、酒蔵を継ぐと仰ってた方ですね」

善次郎はまたしても顔をしかめた。

「向こうで結婚して、女房を連れて帰ってきました。いや、嫁は日本人です。せがれと同じ店で料理の修業をしていたんです。二人とも、最初は一生懸命酒造りを勉強して、必死に働いてくれました。良い嫁をもらったって、女房とも話してたんです。それが……」

善次郎の息子田桑潤と妻の浅黄は、三年前にイタリアで結婚し、翌年日本に帰国した。二人とも田桑酒造のために尽くす覚悟だと言った。事実、骨身を惜しまず働いた。しかし、今年の新酒の仕込みが終わると、潤と浅黄は酒造業の傍ら、イタリアンレストランを開きたいと願い出た。

「まったく、冗談じゃない。酒造りはそんな、片手間にできるような甘い仕事じゃないです。それはせがれたちだって分ってるはずなのに」

善次郎は怒りが再燃したのか、頬を紅潮させた。

「それも、言うに事欠いてイタリア料理とは。酒蔵でイタリア料理が、聞いて呆れる」

善次郎の唇が怒りで小さく震えた。

「せがれは嫁にたぶらかされたんです。そうに決まってます。イタリアで料理修業したって触れ込みだが、ろくに漬物も漬けられねえくせに。猫をかぶってせがれをだまして、田桑酒造をつぶす気なんだ」

康平も瑠美も黙って顔を見合わせた。事情が分らない上、それでなくても親子の問題は厄介だ。

「ああ、そろそろ日が暮れます。ホテルまでお送りしますよ」

善次郎はやっと我に返って、冷静な口調になった。

クシーに乗り込んだのだった。

「いえ、大丈夫です。車を待たせてますから」

「今日は大変お世話になりました」

康平も瑠美も丁寧に礼を述べると、そそくさと田桑酒造を後にして、待たせてあったタクシーに乗り込んだのだった。

金谷ホテルに戻ったのは五時を少し過ぎた頃だった。

二人がフロントへ向かうと、ロビーに座っていた男女が立ち上がり、近づいてきた。

「すみません、辰浪酒店の辰浪康平さんと、料理研究家の菊川(きくかわ)瑠美先生でいらっしゃいますか?」

男の方が声をかけた。その服装で、田桑家の玄関から飛び出してきた男性と分った。善次郎の息子、潤に違いない。

「もしかして、田桑さんの息子さんですか?」

「はい。田桑潤です。こちらは家内の浅黄です」

二人は改めて深々と頭を下げた。

潤は身体が大きくて筋骨たくましく、格闘技の選手のように見えるが、善次郎と同じく、人の好さがにじみ出るような顔をしていた。浅黄も百七十センチ近い長身で、きりりとした顔立ちの美人だった。二人とも三十代半ばくらいだろう。

それにしても親子揃って夫婦が《美女と野獣》なのが、微笑ましかった。

「ちょっと、お話しさせていただいてよろしいですか？」

潤と浅黄が何か思い詰めているのは明らかだった。善次郎から鬱憤を聞かされたばかりなので、断る気にはなれなかった。

「良いですよ。立ち話もなんですから、お茶でも飲みましょう」

康平と瑠美は、潤と浅黄を伴ってメインダイニングに入り、飲み物を注文した。ちなみに金谷ホテルではドイツの高級紅茶「ロンネフェルト」がお勧めである。

「親父から、お聞きになったかと思いますが……」

「イタリア料理店を開店したいというお話ですね」

潤と浅黄は同時に頷いた。

「僕も浅黄も、決して田桑酒造の仕事をおろそかにするつもりはありません。日本酒造りには、情熱を感じています」

「でも、酒造りの主な仕事は秋から冬にかけて、半年なんです。春から夏にかけては、営業とか、蔵の外の仕事です。それなら料理の仕事も可能だと思うんです」

瑠美は問いかけるように康平を見た。康平は黙って頷く。

「そうだったんですか。ちっとも知りませんでした」

半年間「杜氏」としての仕事をしなくていいなら、その半年間店を開くのは可能ではないかと、瑠美はそう思った。

「あのう、イタリアから帰国なさる時から、酒造りの傍らレストランを開きたいと思っていらしたんですか?」

潤と浅黄は互いに目を見かわしてから、力強く頷いた。

「いつかは、と思っていました。それが五年先か、十年先かは分りませんでしたが」

康平はちょっと首をかしげた。

「日本でイタリア料理の店を開くのが一番の目的なら、お父さんに田桑酒造を継ぐなんて、言わない方が良かったんじゃありませんか?」

「それは違います」

潤はきっぱりと言った。

「僕も浅黄も、真剣に日本酒を作りたいと思っています。前ははっきり言って、日本酒に対する愛情がありませんでした。でも、イタリアへ行ってから、日本酒への気持ちが変ったんです」

「私も同じです。十二、三年前から、ミシュランの三ツ星レストランのワインリストにも、日本酒が載るようになりました。フレンチやイタリアンにも合う、美味しい日本酒が次々に生まれてるって、初めて分りました」

康平は「そうだろ、そうだろ」とでも言いたげに頷いている。

「ただ、残念なことに、日本酒の扱いはボジョレー・ヌーボーなんです。つまり、新酒です。ヴィンテージではないんです」

潤はわずかに身を乗り出した。

「僕は日本酒でもヴィンテージを作りたいと思いました。以前からそれを目指している蔵元さんも、何人かいます。ワイン並みに原酒のアルコール度数を13～15度くらいにして、水で割らずに販売する方向で動いてる蔵元さんもいるんです。僕もいつかワインのように、年代物の日本酒に高値が付くようにしたいと考えてます」

日本酒は並行複発酵の技術によって、原酒のアルコール度数を20度前後まで上げることができる。現在市場に流通している日本酒は、原酒を水で割った15～16度くらいの品が多い。

「私、フレンチやイタリアンに合う日本酒を作りたい、ヴィンテージを目指したいっていうお二人の気持ち、分ります。自分たちで作ったお酒に、これまで修業した料理を合せたいっていう気持ちも、もっともなことだと思います」

瑠美が堂々と断言したので、康平はいささかたじろいだ。

「でも、田桑さんのお父さん、イタリアンが気に入らないみたいだけど」

潤が残念そうにため息をついた。

「親父は、日本酒にイタリアンなんて、邪道だって思ってるんです。麹菌が泣いてるって」

浅黄がそっと潤の腕に手を伸ばした。

「お舅(とう)さんも、一度日本酒でイタリアンを試してくだされば、分ってくださると思うわ」

すると瑠美が目を輝かせ、ぽんと康平の肩をたたいた。

「いい方法があるわ！」

三月初めの土曜の夕方、はじめ食堂には「本日貸し切りです」の貼(は)り紙があった。四人掛けのテーブルの一つには「ご予約」の札が立ち、割り箸とコースターがセットされている。

準備万端整えた二三、一子、皐が待っていると、入口の戸が開いて康平と瑠美が入ってきた。

「さ、どうぞ。こちらです」

二人に促されて続くのは、田桑酒造の四人、善次郎と小百合、潤と浅黄夫婦だった。

「遠いところをお越しくださって、ありがとうございました」

今日の会の主催者である瑠美が挨拶すると、四人は黙って頭を下げた。親子間のわだかまりは消えないようで、四人とも態度がぎごちなく、居心地悪そうに見える。

「これから、田桑酒造の紫雲、蒼穹(そうきゅう)、白藤(しらふじ)に合せた料理を召し上がっていただきます」

挨拶が終わると、瑠美と康平も別のテーブルに腰を下ろした。

「お通しのポテトサラダです」

皐と二三がそれぞれのテーブルに皿を運んだ。続いて紫雲のデカンタとグラスが置かれる。

一箸挟んで口に入れて、冷酒のグラスを傾けると、田桑家の四人の顔に怪訝そうな表情が浮かんだ。

「……」

怪訝そうな表情は、すぐに喜びに変った。

そのポテトサラダの中身はジャガイモ、バター、クリームチーズ、キュウリの古漬け、赤玉ねぎだ。乳脂肪のダブル使いでジャガイモに豊かな風味と滑らかさが加わり、古漬けのキュウリはピクルスとは違った清涼な酸味を感じさせ、たまらなく酒を誘う。

「菜の花のお浸しでございます」

ただし、かかっている白いソースが変っている。ヨーグルトにすりごま、味噌、粗びき黒胡椒、おろしニンニク、クミンパウダーを加えて混ぜてある。複雑にして豊かな味わいだ。これもまた、日本酒によく合う。

「魚介とトマトのアクアパッツァになります。お熱いのでお気をつけて」

皐はテーブルの真ん中に鍋を置き、それぞれの前にとり皿を置いた。イタリア料理の定番だが、これもまた日本酒によく合った。実は隠し味に味噌を使っているのだ。

田桑家のテーブルには早くも次の酒、蒼穹のデカンタと新しいグラスが運ばれた。

「これはボッリートという、イタリアのお肉料理でございます」

肉の色々な部位を炊き合わせた、いわばイタリアの肉おでんだが、今日は鶏のスープで牛タンを柔らかく煮込んだ。そして定番となっている「サルサ・ヴェルデ」という緑のソースの代わりに、梅肉と麹甘酒で作ったソースを添えた。これもまた、たまらなく酒を呼ぶ料理だった。

「お食事になります。ふきのとうの塩麹パスタでございます」

ニンニクで香りを出したオイルでふきのとうと玉ねぎを炒め、オイルサーディンを加えたら、硬めに茹でたパスタを入れてからめる。味付けは塩麹のみ。コクがあるのにあっさり食べられて、しかも優しい味だ。そしてこれも日本酒に合う。

田桑家の四人はすっかり満足した様子で箸をおいた。酒も三種目の白藤をきれいに飲み干している。

「ごちそうさまでした」

「大変美味しゅうございました」

それぞれ丁寧に頭を下げて礼を述べた。

はじめ食堂の三人も嬉しかった。お客さんが満足してくれたことと、瑠美の意図が成功したらしいことが。

　瑠美は席を離れ、田桑家のテーブルの前に立った。

「田桑さん、もうお気づきかもしれませんが、今食べていただいた料理には、すべて発酵食品が使われています」

　善次郎は黙って頷いた。

「麴菌は日本の国菌です。でも、世界中の料理に生かすことができます。味噌、醬油、酒、みりん、酢、そして塩麴、甘酒などの調味料として、イタリアンにも、フレンチにも使われています。そういうお料理は、絶対に日本酒と相性が良いはずなんです」

　瑠美は今度は潤と浅黄の方を見た。

「潤さん、浅黄さん、もしイタリアンのお店を開店なさるなら、ぜひ発酵食品を活用していただきたいです」

　潤と浅黄は、自らの心に刻みこむように、しっかりと頷いた。

「イタリアンのお店は星の数ほどあります。だから、日本酒の蔵元が営業している強みを活用しない手はないと思うんですよ。蔵元さんの作る酒粕や甘酒は、ブランド力絶大ですよ。八海山（はっかいさん）の甘酒は、大ヒットしてます」

　瑠美は改めて善次郎に向き直った。

「田桑さん、私は潤さんの目指しているヴィンテージ化にこそ、日本酒の新たな可能性があると思いました。だから息子さんの挑戦を、応援してあげてください。そして……」

今度は田桑家の四人の顔を、次々に見つめて言った。

「ご家族で力を合せて、田桑酒造の未来を切り開いてください。イタリアンレストランは、追い風になるかもしれません。蔵元の経営する発酵レストランって、素敵じゃありませんか」

誰も言葉を発しなかった。

しばらく静謐な空気が流れた後、最初に口を開いたのは潤だった。

「父さん、母さん、菊川先生の仰ったことが、俺の気持ちのすべてだ。俺は酒造りに一生を捧げる。でも、それと同時に、発酵の技術を生かしたイタリアンにも挑戦したいんだ」

浅黄も意を決したように、潤に続いた。

「お舅さん、お姑さん、私も潤さんと同じ気持ちです。二人で力を合せて、新しい日本酒と、新しいイタリアンに挑戦したいんです」

浅黄は小百合に目を向けた。

「そして、お姑さんを見習って田桑家を盛り立てたいです。まずは、お姑さんみたいな美味しいお新香を漬けられるように、一生懸命頑張ります。どうぞ、よろしくお願いします」

浅黄が頭を下げると、小百合は面映ゆそうに微笑んだ。その眼には明らかに喜びが輝いていた。

そして、二三には感じられた。善次郎の心にあったわだかまりが、少しずつ溶けてゆくのを。

二三は衝動的に拍手した。一子と皐が、一拍遅れて康平と瑠美も後に続いた。温かい拍手に包まれて、善次郎の目がかすかに潤むのが見えた。それを見た潤も、目を潤ませたのだった。

第三話 ● スペアリブと犬

三月の第二土曜日の午後、二三(ふみ)は買い物に出たついでに、隅田(すみだ)川沿いの遊歩道をぶらぶらと散歩した。土曜日はランチがないので、夜営業の仕込みが始まるまでは、こうしてのんびりしていられる。

風はまだ肌寒いが、空の色は冬に比べて明るさが増したように思われる。下旬になれば、隅田川の一帯は満開の桜の花で覆われるだろう。近年はとみに開花の時期が早くなった。

帰りに立ち寄ったマルエツでは、野菜売り場に早くもあしたばと根三つ葉、新玉ねぎの初物が並んでいた。一方で、からし菜と菜の花は来月を最後に姿を消すはずだ。

二三は新玉ねぎと菜の花をカートに入れ、精肉売り場に移動した。今日の目玉商品、スペアリブのパックを手に取り、あれこれ見比べながら、なるべく肉付きの良いものが入っているパックを選んだ。ここでしっかり見極めないと、あとで臍(ほぞ)を噛(か)むことになりかねない。

最後に飲料の売り場に行き、１００％オレンジジュースのパックをカートに入れた。本日のおすすめ料理は「スペアリブのオレンジジュース煮」だ。

今までは醤油（しょうゆ）、酒、ママレード、おろしにんにくを混ぜたタレに骨付き肉を漬け込み、グリルでじっくり焼いていた。そうするとグリルを長時間占拠されるので、スペアリブは年末の忘年会とか、イベント限定の料理になった。

ところがこの前、たまたまネットでオレンジジュース煮込みのレシピと出会った。骨付き肉をフライパンで焼いて焦げ目をつけたら、調味料を加えてオレンジジュースで三十分ほど煮込むだけ。これなら、場所も手間も大幅に縮小できる。

今夜、お客さんに勧めてみて、評判が良かったらはじめ食堂の定番に加えようと思っていた。マルエツで骨付き豚肉が特売になる日の限定で。

ショッピングカートに買った品を詰めて、二三はスーパーを出た。店の前の大通りを、引っ越し会社のトラックが二台、三台と走り抜けた。通りの先には高層マンション群がそびえている。

ああ、そうか。年度替わりで、引っ越しの季節なのね。

二三はトラックを目で追って、心に思った。毎年見慣れた光景のはずだが、一年経（た）つと忘れてしまうらしい。

カートを引っ張って佃（つくだ）大通りへ向かって歩いていると、佃小学校・中学校の建物を過ぎたあたりで、後ろから犬がついてくるのに気が付いた。まさか自分の後を追ってきたわけもなかろうと思ったが、立ち止まるとチョコチョコと近づいて、足元にすり寄った。

「あんた、どこの子？」

柴犬で、子犬よりは大きいがまだ成犬ではない。首輪をしていて毛並みもきれいなので、明らかに飼い犬だ。おそらくは、飼い主さんがスーパーに連れてきて買い物をしている間、表にリードでつないでおいたのが、何かの拍子に外れてしまって、ふらふらとその場を離れてしまったのだろう。

犬は可愛がられているらしく、人懐っこくて愛嬌があった。しかも賢いらしく、二三を困らせるほどしつこくじゃれたりしない。

「悪いけど、まず荷物を家に置いて、そのあとであんたのお母さんを探してあげるからね」

二三はこの迷い犬に情が移ってしまい、放っておくことができない気持ちになった。

「とりあえず一緒におばさんの家に行こうね」

すると、犬はまるで二三の言葉を理解したかのように、プルンと尻尾を振った。そして、後になり先になりしながら、二三に従って佃大通りのはじめ食堂についてきた。

「ただいま」

戸を開けて後ろを振り返ると、犬がこちらを見上げている。

「いいよ、お入り」

声をかけると二三にくっついて中に入ってきた。

「ちょっと待っててね。今、ミルクあげるから」

二三は買ってきた食材を厨房に置いて、冷蔵庫からミルクを取り出した。小鍋に注いで人肌に温めてからどんぶりに移し、犬の足元に置いた。

「ほら、飲みな。飲んだら元の場所に連れて行ってあげるよ」

と、一子が二階から階段を下りてきた。

「ふみちゃん、お客さん？」

怪訝そうに訊いてから、ペチャペチャとミルクを飲んでいる犬に気が付いた。

「どうしたの？」

「飼い主さんとはぐれたみたいなの」

二三は手短に経緯を説明した。

「そりゃあ、飼い主さんも心配なことだろうねえ。可愛い子だもの」

一子は犬を眺めて目を細めた。ミルクを飲み終わってから手を出すと、犬はぺろぺろと一子の指をなめた。

「お姑さん、うちにロープみたいなものあったかしら。この子をスーパーまで連れてゆくのに」

「あ、ちょっと待って」

一子は再び二階へ上がり、ピンクの布を片手に戻ってきた。

「これ、ちょうどいい長さじゃない」

着物用の腰ひもだった。一子は今でもたまに着物を着るので、不用品ではない。

「いいの？　正絹でしょ」

「いいわよ。洗って乾かしゃまた使えるし」

「じゃ、借りるね」

二三は首輪に腰ひもの端を結び付けた。

「じゃ、ちょっと行ってきます」

腰ひもを引っ張ると、犬は少しも嫌がらず、素直についてきた。

二三はスーパーの前の柵(さく)に犬をつないで、中に入ると、サービスカウンターの店員に声をかけた。

「すみません、店長さんをお願いできますか？　犬が飼い主とはぐれたみたいで……」

「少々お待ちください」

店員は内線電話で店長を呼んでくれた。やってきたのは四十代の小太りの男性だった。

「どうも、店長の山田(やまだ)です」

「突然お呼び立てしまして。佃大通りではじめ食堂という店をやってる、一(にのまえ)と申します」

「ああ、知ってます。前にテレビ拝見しましたよ。吉永（よしなが）レオの『居酒屋天国』だったっけ」

山田の好意的な態度に安堵（あんど）して、二三はざっと事情を説明した。

「別にお宅の店の前で飼い主さんとはぐれたって証拠があるわけじゃないんですけど、とりあえずワンちゃんを探して、お宅を訪ねる可能性はあると思うんです。だから、もし飼い主さんが来たら、うちで預かってるって、伝えていただけませんか」

二三ははじめ食堂の名刺を渡した。その名刺は十八年前、二三がはじめ食堂で働き始めたとき「何かで必要になるかもしれない」と思って作った百枚の、その残りだった。

「分かりました。うちの店員にも伝えておきます。飼い主さんが見えたら、こちらの番号をお知らせしてもよろしいですか？」

「はい。どうぞよろしくお願いします」

二三は軽く頭を下げ、サービスカウンターを振り返った。

「あのう、ドッグフードを買っていきたいんですけど、ちょっとだけ、この子を預かっていただけませんか？」

「いいですよ。事務室の方でお預かりします。買い物がお済みになったら、迎えに来てください」

山田は気軽に承知して、柵から腰ひもをはずした。犬は二三に素直に従ったように、大人しく山田について歩いて行った。

「可愛い子だね。大人しいし」

その日の口開けの客となった辰浪康平が言った。犬はカウンターの隅につながれて、一子と並んだ格好でじっと座っている。

「それにすごく躾がいいのよ。さっき、段ボールに新聞紙をちぎって簡易トイレをこしらえてあげたら、すっ飛んできておしっこしたの。ずっと我慢してたのね。えらいわ」

皐はとろけそうな目で犬の方を見た。ひと目見た瞬間から夢中になってしまい、雌だと分ったので、さっそく「弥生」という仮の名を付けた。

「で、スーパーから連絡は？」

二三と一子、皐の三人は一斉に首を振った。

「私の読み違いだったのかしら」

二三は腕組みをして眉間にしわを寄せた。

「いや、遅かれ早かれ、スーパーやコンビニには問い合わせると思うよ。待ってれば、連絡があるんじゃないの」

康平はお通しのキャベツのペペロンチーノに箸を伸ばした。飲み物は生ビールの小ジョッキ。瑠美と一緒でないときは、酒はいつも小生から始める。

「ただ、向こうが探しに来るのを待つだけじゃなくて、こっちからも何か発信した方が良くない？　例えばこの子のポスターを作ってご近所に貼るとか」

「やっぱり、そうするしかないわよね」

皐は残念そうに溜息を吐いた。

「そうしたら、すぐ飼い主さんが見つかりそうで」

「だって、飼い主さんを探してるんでしょう？」

康平は同意を求めるように二三、一子、皐の顔を見回した。三人は苦笑いを浮かべた。

「本当言うと、あたしはもう少しこの子と一緒にいたかったんだけど。でも、しょうがないわねえ。飼い主さんは心配してるだろうし、この子だって早く帰りたいだろうし」

「今までペットなんか飼ったことないから、突然弥生と出会って、なんだか情が移っちゃった」

「私も。弥生を見てると胸がキュンキュンしちゃうわ。だって、無限の信頼を寄せてくれるんだもの」

皐は弥生の目をじっと見つめた。丸くて黒くて艶があって、哀しいほどに美しい目だった。

「こんばんは。お待たせ」

そこへ菊川瑠美が入ってきた。すぐに目に入るのは弥生の姿だ。

「あら、ワンちゃん、どうしたの？」

瑠美が弥生の前にしゃがみこむと、はじめ食堂の女性三人は代わる代わる、弥生について語った。

「そうなの。でも、運の良い子ね。良い人たちに保護されて」

瑠美は康平の隣に腰を下ろし、おしぼりで手を拭いた。

「先生、お飲み物は？」

「私、あれにする。ほら、この前の、なんだっけ？」

「『千本桜　熟成ハマコマチ』のソーダ割」

康平は読心術でも使ったように、一発で注文を当てた。

「千本桜　熟成ハマコマチ」は宮崎県柳田酒造の作る芋焼酎で、無色透明の液体には完熟マンゴー、アプリコット、金木犀など、いくつもの「オレンジ色の香り」が束になって宿る。贅沢な香りとビロードのように滑らかな口当たりが、焼酎に縁のなかった女性たちにも人気を博している。

もちろん、それを見越した康平が勧め、三月に卸した。予想に違わず、三本仕入れたうち一本はすでに空いてしまった。

「焼酎って深いわねえ。フラミンゴオレンジもトロピカルな柑橘系の香りだけど、それとも違うのよね」

瑠美は乾杯した後、改めてしみじみとグラスを眺めた。

「日本酒も、焼酎も、私が子供の頃(ころ)とは全然別次元みたい。みんな、すごい頑張ったのね」

「日本酒と焼酎だけじゃないよ。ワインもウイスキーもビールも、昔とは比べ物にならないくらい、品質が向上してる。ほんの二十年前まで、日本のウイスキーが世界的な賞をバンバンとって、世界五大ウイスキーに数えられるなんて、想像もできなかった。日本のワインも世界で注目されてるし。ホント、すごいよ」

康平の言葉を聞いて、一子はふと五十年以上も昔の出来事を思い出した。亡き夫孝蔵(こうぞう)の後輩だった涌井直行(わくいなおゆき)が、「料理界のオリンピック」と称されるフランスの料理コンテストで、東洋人として初めて第三位に入賞したとき……。あのときの孝蔵の興奮ぶりと喜びようが、昨日のことのように瞼(まぶた)に浮かんだ。

あれから半世紀以上が過ぎて、日本の料理と酒造りは、まだ進歩を続けているらしい。それを知ったら、孝蔵はあの世で何と思うだろう。

「え〜と、何食べようかしら」

「メインはおばちゃんお勧めのスペアリブだから、それを中心にメニューを組み立てよう」

瑠美と康平の会話で、一子は回想の世界から我に返った。

「ハマコマチもフラミンゴオレンジと同じで、新鮮なサラダやフルーツに合うんだ」

「それじゃ、新玉ねぎとスモークサーモンのサラダ……ウドと甘夏のサラダ？　これ、新作ね」

「雑誌に載ってたんです。ウドと甘夏とカイワレにドレッシングかけただけですけど、ウドの香りが良くて、いかにも春の味ですよ」

「ください。新玉ねぎと両方ね」

「それから、白魚と根三つ葉の卵とじ。菜の花の胡麻和え、牡蠣フライも行っとく？」

「そうね。今月でお別れだから」

二人は阿吽の呼吸で注文を終えると、再びグラスを合せた。

「こんばんは！」

にぎやかに現れたのは桃田はなだった。後ろからはお約束のように訪問医の山下智がついてきた。

「いらっしゃい」

「やだ、なに、この子⁉　カワイ〜！」

はなはすぐさま弥生に目を留め、そばに駆け寄って頭を撫でまわした。弥生はされるがままになり、クンクンと鼻を鳴らした。

「先生、お久しぶりです」

「いや、すっかりご無沙汰しました」

山下は愛想よく皆に挨拶して、二人掛けのテーブル席に腰を下ろした。はなは週に一回程度店に来るが、山下が顔を出すのは今年初めてだった。

「お忙しいんでしょう」

おしぼりとお通しを運んで行った皐が尋ねると、はなが弥生を撫でながら振り返った。

「そりゃもう、大変。今年の秋には新しい診療所建てる予定でね。今の建物狭くて、スタッフ全員でミーティングもできないんだって。ついでに駐車場用の土地も買っちゃったの。巡回用の車二十台以上あるから、借りるより買った方がコスパ良いんだって」

以前のはなの話では、山下の訪問医療チームは口コミで評判を呼んで、今や千人以上の患者を抱える規模となり、常勤の医師も十名近く、看護師や事務員を合せると、スタッフだけで百人を超える大所帯だという。

「お仕事が大きくなって、いろいろと気苦労もおありでしょう」

一子が同情を込めて言うと、山下は照れ臭そうに首を振った。

「もう、すべて成り行きです」

「だからね、先生、借金が十億もあるんだよ」

はなはけろりと言って、にんまり微笑んだ。

「それ聞いて安心しちゃった。十億も借金してるんだもん、私がゴチになるくらい、どうってことないよね」

山下は例によって、楽しそうに聞いている。

借金も財産と言われるのは、返済の見込みがない相手に銀行は金を貸さないからだ。十億円も借金ができたのは、銀行が山下に返済能力があると判断したからに他ならない。

「先生、康平さんに良いお酒教えてもらった。フラミンゴオレンジっていう焼酎なんだけど、柑橘系のすごいいい香りがするの。それのソーダ割にしない？」

「うん。そうする」

山下は注文は毎回はなに任せている。いつもはスパークリングワインを頼むはなが焼酎を選んだのは、もしかして山下の健康を気遣ったのだろうか。蒸留酒は醸造酒に比べて、翌日に残らない。

「今日のスペシャルメニューはスペアリブのオレンジジュース煮です」

ソーダ割のグラスを二人の前に置いて、皐が説明した。はなはさっそく注文し、カウンターの向こうの二三に声をかけた。

「ねえ、おばさん、スペアリブ一本、この子にあげてもいい？」

「ありがとう。でも、犬って、濃い味のものを食べさせちゃダメみたいなの。後で残った骨を洗って、あげてみるわ」

「へえ、そうなんだ。難しいんだね」

カウンターの端に座った一子が、弥生の首を撫でながら言った。

「昔は犬や猫は、残りご飯に鰹節や味噌汁をかけて、食べさせたもんだったけど、今は違うのね」

「だから犬も猫も寿命が延びたわよね。昔は犬は十年、猫は十五年と言われてたけど、今は犬が十五年、猫が二十年だって。私の知ってるだけでも、成人式超えの元気な猫、何匹もいるわ」

二三はウドと甘夏のサラダにドレッシングを振りかけながら言った。水にさっと晒した薄切りのウドは、爽やかな芳香を放っている。シャキシャキした食感と独特のほろ苦い味が、甘夏ミカンのかすかにほろ苦い甘酸っぱさと呼応して、春を感じさせるサラダになる。

「食べ物以外に、飼育環境も変りましたからね。今は猫はもちろん、犬もほとんど室内飼いでしょう。避妊手術やワクチン接種も当たり前だし。僕が子供の頃は、犬は犬小屋でしたからね」

山下は珍しく悲し気に目を伏せた。

「先生、犬飼ってたの？」

「小学生の時にね。学校の帰りに雑種の子犬を拾ってきて、親に頼んで飼ってもらったんだけど、三年目にフィラリアで死んじゃって。もし、家の中で飼っていたら、多分、病気にならなかった。そう思うと、あの子にすまなくて」

山下は弥生の方を見て、小さく溜息を吐いた。

「可愛い子でね。人懐こくて賢くて愛嬌があって……。今でもあの子のことを思い出すと、胸が痛むんだ」

「その子は三年間、先生と一緒に暮らせて幸せだったと思うよ」

はなはまっすぐに山下を見て、キッパリと言った。

「先生が拾ってあげなかったら、保健所に連れていかれるか、カラスのエサになるか、飢え死にするかしたんだよ。可愛がってくれる人に拾われて三年間一緒に暮らせたら、それは幸せなんだよ」

山下はちょっと驚いたように目を見開いた。

「……はなちゃんにそう言われると、少し気が楽になるよ」

はなはにんまりと微笑んだ。

「じゃ、メニュー決めよう。牡蠣は牡蠣フライ、牡蠣とほうれん草のグラタン、どっちが良い？」


その夜来店したお客さんは、みんな弥生のファンになってしまった。スペアリブを進呈したいという申し出も続出した。

二三はその度に「お気持ちだけ、ありがたく」と断って、人間用に調理した料理を食べさせると塩分過多になる……という説明を繰り返した。

弥生は感心なことに、目の前をお客さんの料理が行き交っても、決して欲しがったりしなかった。その行儀の良さに、二三たちもお客さんも、一層心をわしづかみにされるのだった。

「弥生、えらかったね」

お客さんが引き揚げてから、残った骨を水で洗って調味料を落とし、紙皿に載せて前に置いてやると、弥生は待ちかねたようにかじりついた。

「やっぱり犬は骨が好きなのね」

バリバリと噛んで、食べ進む。軟らかく煮てあるので、骨にも火が通って食べやすいのだろう。その様子に、二三も一子も皐も目を細めた。

「いい子だね。いっぱいあるから、沢山食べな」

二三は皿に骨を追加してやった。

「ただいま！」

そこへ要が帰ってきた。両手に大荷物を下げている。今日は仕事ではなく、友達と映画を観に行ったので、食事は済ませてある。

「何、それ？」

「犬用トイレとシート、リード、食器。それとペット用のシーツ。帰りにドンキで買ってきた」

迷い犬を保護したことは、メールしておいたのだが……。

「こんなに買い込まなくても」

「すぐに飼い主さんが見つかるとは限らないじゃない。余ったらメルカリで売るから、無駄にならないわよ」

要は夢中で骨を齧（かじ）っている弥生の方を見た。写真も送ってあるが、実物はまた違う。

「毛並みもきれいだし、艶も良いね。きっと大事にされてたんだよ」

「飼い主さん、心配してるだろうね」

一子が気の毒そうに言うと、要はドンと胸をたたいた。

「明日、この子の写真撮ってポスター作るよ。ご近所にベタベタ貼っとけば、すぐに飼い主さんが見つかると思う」

そしてもう一度目を細めて弥生を見た。

「今日、この子、私の部屋に寝かせるね」

一子が一瞬顔をしかめるのを見て、要は首を振った。

「おばあちゃん、最近は犬も猫も人間と一緒の部屋で生活してるの。この子もきっと、飼い主さんのベッドで寝てたわよ」

要が「ね！」と言って振り返った途端、弥生は苦しそうに空咳（からせき）を始めた。

「どうしたの！」

二三があわててそばにしゃがみこむと、弥生は食べたものを吐き始めた。夢中になって骨を食べすぎたのだ。

「弥生、ごめんね。お母さんが悪かったわ」

ひとしきり吐くと、弥生はやっと落ち着きを取り戻した。二三はひたすら背中を撫でた。

「病院に連れて行った方が良いかしら？」

「明日になっても具合が悪そうだったら、一緒に獣医さんに行こう。車で行けば近いから」

要は二三を慰める口調になった。

「じゃあ、ざっと片付けて二階に上がろうか。さっちゃん、お疲れさん。来週、またね」

一子が言うと、皐は席を立って会釈した。

「それじゃ、お先に失礼します」

家族だけになった食堂で、二三は小さく溜息を吐いた。

「今日はいろいろあったね」

翌朝、日曜だというのに、二三は平日と同じく六時に目が覚めてしまった。弥生のことで気が高ぶっていたのかもしれない。

トイレに行って、もうひと眠りするつもりで要の部屋を覗き、危うく吹き出しそうになった。

弥生は要と並んで布団の上に寝ていたが、なんと、見事なヘソ天で仰向けになっていた。犬もリラックスすると仰向けになるとは知っていたが、まさかそのまま寝るとは思わなかった。

そして、その無防備すぎる肢体を見ると、どうやら具合は悪くないらしい。医者に連れて行かなくても大丈夫のようだ。

二三はすっかり安心して、九時まで熟睡した。

「バカウマ！」

温め直したスペアリブにかぶりついた要は、ひと声叫んだ。良く煮込んであるので、肉はまるで角煮のように柔らかく、箸でちぎれそうだった。

スペアリブに塩胡椒してフライパンで両面を焼き付け、オレンジジュース・醬油・酒、そして隠し味に蜂蜜を入れたソースで煮込む。オレンジジュースの甘みと酸味が肉に程よくなじみ、《オレンジジュース感》は見事に消えている。

「これ、八角入ってたら、角煮だと思う」

「そう言えば、角煮も良いかもしれない」

二三もスペアリブを齧り、そのままつるりと呑み込めそうな柔らかさに感動した。

「前に『孤独のグルメ』で、角煮をカツにするお店があったの。あれ、うちでもやってみようかな」

食べたことはないがだいたいのイメージは想像できる。カリッと揚がった衣の中から、とろとろの豚肉が現れる。それはきっと「一粒で二度おいしい」に違いない……。

「平成生まれには通じないわねえ」

「お母さん、独り言？」

「そ。年取ると多くなるのよ」

先回りして言ってしまう。

「ごはん終わったら、弥生の写真撮ってポスター作るね。お母さん、午後から手分けして貼って回ろう」

弥生はすっかり元気になって、犬用のミルクとドッグフードを平らげた。

要はスマートフォンで弥生の写真を撮ると、パソコンに取り込んでポスターを作成した。

「こんなんでいい？」

画面を指さして二三に確認した。弥生の全身写真に添えて「佃二丁目で保護しました。柴犬の雌。生後半年くらい。お心当たりの方は佃大通りのはじめ食堂（電話：3×××-○○○○）へご連絡ください」の文言がある。

「上等、上等。さすがプロだわ。簡にして要を得てる」

要は張り切ってＡ４判の紙四十枚も印刷したので、途中でカラーインクが切れて交換した。しかし鮮やかなカラー写真のおかげで、弥生の特徴が一目で分る。

二人は佃方面と月島（つきしま）方面の、二手に分かれることにした。

「コンビニや飲食店には、できれば店の中に貼らせてもらってね。その方が、お客さんがゆっくり見られるから」

「うん、分った」

二三は自宅を出ると、清澄（きよすみ）通りからリバーシティ21にかけての電信柱を中心に、人の集まりそうな場所にポスターを貼って回った。石川島（いしかわじま）東京病院、ローソン、ナチュラルローソン、マルエツ、佃公園……残念なことに佃小学校と中学校などは日曜日で休みだった。しかし事情を話して頼むとどこも好意的で、日ごろから買い物をしているマルエツとローソンは、店内にポスターを貼ってくれた。

「本当にありがとうございます」

「早く、ワンちゃんの飼い主さんが見つかると良いですね」

一時間ほどでポスターを全部貼り終えて、二三は家に戻ってきた。二階に上がると、座椅子（ざいす）にもたれた一子の傍らで、弥生が寝そべっていた。すっかりリラックスモードだ。

「ふみちゃん、弥生は散歩させないといけないんじゃないかしら」

「要が帰ったら聞いてみる。あの子、自分が連れていくつもりかもしれない」

手回しよくリードを買ってきたくらいだから、その気は大ありだろう。

「ただいまあ！」

　階下で要の声がした。

「おかえり。ご苦労さん」

　二階に上がってきた要に「弥生と散歩に行く？」と問うと、二つ返事で「行く！」と答えた。そして何を思ったか、ゴミ捨てから空のペットボトルを取ってきて、蓋に錐で穴をあけた。

「何してんの？」

「お散歩の準備。これに水入れて、弥生が道端でおしっこしたら、かけて洗い流すの」

　二三と一子は驚いて目を丸くした。

「ウンチの始末をするのは見たことあるけど、おしっこも始末するんだ」

「常識」

　二三と一子はまたしても顔を見合わせた。二人とも犬というのは、電信柱を見ればおしっこをひっかける動物だと思って生きてきた世代だ。

「やっぱり最近は、万事に進歩してるんだねえ」

　一子が感心したように呟いた。ペットの寿命が延び、飼い主のエチケットも向上した。これは双方にとって良いことだ。

「じゃ、行ってきます」

真新しいリードを首輪につけると、弥生は散歩に連れて行ってもらえると分ったらしく、嬉しそうにしっぽを振った。

小一時間ほどで散歩から帰ってくると、弥生は自分のトイレに直行して用を足した。

「ほんとにこの子、躾がいいわ。外では絶対におしっこしないのよ」

要は愛しそうに弥生の首筋を撫でた。

「なに、かわいい！」

「この子、どうしたの？」

月曜日のランチタイム、来店した女性のお客さんたちは、弥生をひと目見るなり歓声を上げた。男性客は黙って目を細めている。

夜の営業でそうだったように、弥生はランチタイムでも極めて行儀がよかった。お客さんは代わる代わる席を立って弥生を撫でに来たが、少しも嫌な顔をしない。お座りしたまま、愛想よく応じている。

朝は二三が佃公園に散歩に連れてゆき、ご飯もトイレもゆっくり済ませたので、あまりストレスを感じないのだろう。夜は要が帰宅してから散歩させることになっている。

「さっちゃん、看板娘の座を奪われるんじゃない」

ご常連のワカイのＯＬがからかうと、さつきはひょいと肩をすくめた。

「仕方ないわ。子役と動物には勝てないもん」

小さな笑い声が起き、さざ波のように広がった。

今日のはじめ食堂の日替わり定食は、スペアリブのオレンジジュース煮と豆腐ハンバーグ。焼き魚はサバの文化干し、煮魚はカラスガレイ。ワンコインは肉うどん。小鉢は納豆。五十円プラスでニラ玉（和風）がつく。味噌汁はジャガイモと玉ねぎ。漬物は一子手製の京菜の糠漬け。

これにドレッシング三種類かけ放題のサラダがついて、ご飯と味噌汁はお代わり自由。一食七百円は何とか死守した。

どんなもんだいと、二三は自分で自分をほめてやりたい。二〇二二年からの食材価格の高騰が、庶民はみんな骨身に染みている。

「ここでスペアリブって、初めてだよね」

ご常連の中年サラリーマンが、勘定を支払いながら尋ねた。

「はい。年末の忘年会には何回か出したそうですけど、ランチはお初です」

「忘年会なんて、やってるの？」

「はい。大体年末の仕事納めの夜に。お一人三千円で食べ放題、飲み放題」

「知らなかった。今年、来てみようかな」

「ありがとうございます。お待ちしてます！」

皐は愛想よく答えて送り出した。どこの店でもランチのお客は夜は来てくれないものだ。しかし、中には例外もあるので、皐月は営業努力を惜しまない。


一時を過ぎると、お客さんの波は潮が引くように去ってゆく。時計の針が一時二十分を指す頃には、食後のお茶を飲むお客さんが二、三人残っているくらいだ。

「こんにちは」

すっかり喧噪（けんそう）の収まったこの時間帯にやってくるのが、近所に住む野田梓（のだあずさ）と三原茂之（みはらしげゆき）だ。梓は三十数年来、三原は十数年来のお馴染（なじ）みさんだ。

「あら、ワンちゃん」

「どうしたんですか？」

二人とも店に入るなり弥生に目を留め、ほかのお客さんたちと同じ反応を示した。

「実はね……」

二三が簡単に事情を話すと、梓も三原も納得顔で頷（うなず）いて「早く飼い主さんが見つかると良いね」と、口をそろえた。

皐月がそれぞれのテーブルにお茶とおしぼりを運び、弥生を撫でている二人に注文を尋ねた。

「僕はスペアリブで」

「あたしもスペアリブ。初物は味見しないとね」

梓は魚定食を選ぶことが多いのだが、コロッケやロールキャベツなど、洋食屋時代から伝わるメニューのときは肉定食を選ぶ。

「ねえ、もしかしてこの子、捨てられちゃったんじゃない？」

梓はおしぼりで手を拭きながら二三に問いかけた。

「まさか！」

二三は思わず声を高くした。

「ありえないわ、こんな可愛い子を……。この子、すごく大事にされてたみたいなの。躾もいいし。そんなひどいことする飼い主さんだとは思えないわ」

「どうしようもない事情があったのかもしれないわよ。生まれた子供が動物アレルギーとか、ペット禁止のアパートに引っ越さなくちゃならないとか」

「そんなら、ほかの飼い主さん探すでしょ。いきなり捨てるなんて、言語道断よ」

二三は「親切な人に見つけてもらってね」と、涙ながらに犬を捨てる母子のCMを思い出した。画面には「優しそうに聞こえても、これは犯罪者のセリフです」というテロップが流れていた。まったくその通りだと同感したものだ。

「それとさ、今、引っ越しシーズンでしょ。引っ越すとき、この子が脱走して置いてけぼりになったのかもしれない」

そんなことはない。弥生は賢い、躾の行き届いた子だ。脱走なんか……と言おうとして、不意に柴犬は神経質だと聞いたのを思い出した。常ならぬ引っ越しの大騒ぎの中で、神経を高ぶらせて脱走してしまうことも、もしかして、ないとは言えない……。

そのとき、三原が穏やかな口調で言った。

「まあ、そう遠からずはっきりするでしょう。責任感のある飼い主さんならポスターを見て連絡してくるだろうし、最初から捨てる気なら、知らんぷりで通すでしょう」

「そうですよね」

二三は急に気が楽になった。

「弥生、もうちょっと待とうね。お迎えが来なかったら、あんたはここで暮らせばいいんだから」

その言葉は、決してでまかせやハッタリではなかった。短い間だが弥生と一緒に暮らして、すっかり母性本能と庇護(ひご)本能が目覚めてしまった。ちらりと一子を見ると、深く頷いている。

人間たちの気持ちが分ったのか、弥生は一声「ワン」と吠(ほ)えた。

しかし、母性本能が本格的に発動する前に、早くも飼い主が現れた。

三日後、時計の針が午後二時を指すと同時に電話が鳴った。

「あの、はじめ食堂さんですか？」

受話器を取ると、興奮気味の、震えを帯びた女性の声が耳に飛び込んできた。

「突然失礼いたします。私、長坂と申します。清澄通りのローソンで、お宅様が雌の柴犬を保護したというポスターを拝見いたしました。あの子は、うちのリン子に間違いありません！」

一気にそこまで話すと、やっと声のトーンが少し落ち着いた。

「私、先週リバーシティに越してきたばかりなんです。リン子がいなくなったのは土曜日で……あのう、これからお宅様にお伺いしてもよろしいでしょうか？」

リバーシティからなら、徒歩五分の距離だ。

「はい、大丈夫ですよ。五時半から夜の営業を始めますので、それまでにいらしていただければ」

「ありがとうございます！　何とお礼を申し上げて良いか分りません。本当にありがとうございました……」

語尾が震えていた。感極まって泣きそうになったらしい。

二三は「喜ぶのはまだ早いですよ。実物を確かめてから」などと野暮を言う気にはならなかった。飼い主が写真を見れば、間違えることはほとんどない。それに行方不明になった日も一致している。

「どうぞ、お待ちしています。お気をつけてお越しください」

二三は優しく言って電話を切った。すると、受話器を握りしめたまま頭を下げている女性の姿が目に浮かんだ。声の感じと言葉遣いから、優しく誠実な性格が伝わってきて、つい想像してしまった。

「弥生の飼い主さん、見つかったんですか?」

電話のやり取りを聞いていた皐が尋ねた。

「うん。これから迎えに来るって。ローソンのポスター、見たんだって」

「そうか。弥生、帰っちゃうんだね」

皐は残念そうに言って、弥生……本名はリン子だが……の前にしゃがみ、顎を撫でた。

と、入り口のガラス戸が遠慮がちに細く開いた。

「あのう、ごめんください。お電話した長坂です」

外から伺いを立てた声は、電話の声と同じだった。

「どうぞ、お入りください」

二三は椅子から腰を浮かせた。賄いを食べ終わったばかりで、テーブルにはまだ食器が置いてある。

「失礼いたします」

四十代半ばと見える女性が静かに入ってきて、二三たちに向かって深々と頭を下げた。

「初めまして。長坂充希（みつき）と申します。この度は大変なご迷惑をおかけして、申し訳ありません。そして、リン子を保護してくださって、本当にありがとうございました」

礼を述べて、充希は顔を上げた。丁寧な物腰にふさわしい、上品な容貌（ようぼう）の女性だった。

しかし、丁寧な物腰はそこまでだった。興奮して後足で立ち上がり、ちぎれるほど尻尾を振っている弥生改めリン子を目にするや、充希はすっ飛んで行って抱きしめた。

「リン子、リン子！　ごめんね、ごめんね……」

充希は人目もはばからずはらはらと涙を流し、リン子もキュ～ンと鼻を鳴らしている。人と犬の間の深い情愛が伝わってきた。

「長坂さん、よろしかったら、お茶でもいかがですか」

一子が優しく声をかけた。見ればテーブルの上の皿小鉢は、皐が素早く流しに運んでくれていた。

「いえ、どうぞ、お構いなく」

充希はハンカチで鼻を押さえながら首を振った。

「あたしたちもこれから一服するとこなんですよ。ご一緒にどうぞ」

勧められて充希は立ち上がり、リン子から離れて椅子に腰かけた。皐が湯飲み茶碗（ちゃわん）を四つ運んできた。中身はほうじ茶でなく、煎茶（せんちゃ）だった。

「申し遅れました。私、こういう者です」

充希はショルダーバッグから名刺入れを取り出し、一子に差し出した。名前の横に「劇団海鋒（かいほう） 事務局スタッフ」という肩書が印刷されていた。三人の視線は「劇団海鋒」に集中した。

「まだそんなに有名じゃないから、ご存じないと思いますけど、沼田櫂（ぬまたかい）が所属してた劇団です」

充希は先回りして説明してくれた。沼田櫂は売れっ子のイケメン俳優で、連続ドラマの主役を何本も務めている。

「あら、まあ、失礼しました。ちっとも知りませんで」

二三が恐縮して肩をすぼめると、充希は照れ笑いを浮かべた。

「しょうがないですよ。売れる前に辞めちゃいましたから」

二三は念のために訊いてみた。

「リン子ちゃんは、どうして迷子になってしまったんですか？」

「あの日、熱を出して寝込んでしまいまして……電話でも言いましたが、私、先週こちらに引っ越してきたばかりなんです。それで片付けやら何やらで忙しくて、やっと一段落したと思ったら疲れが出たみたいで、いきなりガクッと」

「ああ、ありますよねえ」

「それで、リン子の散歩をどうしようかと困っていたら、婚約者が代わりに連れて行ってくれたんです」

しかし、三十分ほどすると、婚約者は慌てふためいて帰ってきた。リードが外れて、リン子が走り出してしまった。必死で後を追ったが、見失ってしまったという。

「それを聞いて、私、ショックでパニックになってしまって。……リン子はただの犬じゃないんです。私には母の形見、いいえ、血を分けた妹も同然なんです」

充希は膝の上で両手をぎゅっと握りしめた。

「高校生のとき、父が癌で亡くなりました。それから母と二人、お互い助け合って二人三脚で生きてきました。その母が半年前、突然くも膜下出血で亡くなってしまいました」

母は犬が好きで、充希が幼い頃から家では犬を飼っていた。当時は先代の犬が老衰で亡くなって半年ほど経っていた。

「寂しいから新しい犬を飼おうってことになって、知り合いからもらったのがリン子なんです。母もすごく気に入って、リン子もすっかり母になついていました」

それからひと月もしないうちに、充希の母は急死した。

「リン子は、母が自分の命が長くないことを予感して、私がへこたれずに生きてゆけるように、新しい命を生んでくれたんじゃないかって、そう思えるんです。だから犬なのに、犬という気がしません。だって……」

充希は一度言葉を切って、二三たちの顔を順番に眺めた。

「母の名前は鈴子っていうんです。『鈴』の音読みで《リン》です」

二三も一子も皐も、黙って頷いた。笑う気にはなれなかった。事実かどうかは問題ではない。充希がそう信じ、信じたことを頼りに生きていることが重要なのだ。

「婚約者は責任を感じて、私の代わりに毎日リン子を探してくれました。お店に訊きに行ってくれたり、ポスターを作って電柱に貼ってくれたり、一生懸命やってくれたんですけど、見つかりませんでした。今日、やっと起きられるようになったので、足慣らしに清澄通りまで歩いてみました。帰りがけに、飲み物を買いに角のローソンに入ったら、はじめ食堂さんのポスターが貼ってあって……」

充希の目が再び涙で潤んだ。

「良かったですねえ。無事にリン子ちゃんと再会できて」

「可愛くて賢くて躾が良くて、本当に良い子ですよね。うちでも、きっと良い飼い主さんに、可愛がられて育ったんだろうねって、いつも話してたんですよ」

二三と一子が口々に言うと、充希は涙を引っ込めて微笑んだ。

基本的に愛犬家という人々は、自分の犬が褒められると、口では軽く謙遜するものの、内心はその通りだと思っている。《愚妻》や《愚息》はあっても《愚犬》はない。《バカ犬》というのは《ダーリン》の隠語である。

「そういえば、長坂さんはご婚約者さんがおいでなんですね。おめでとうございます」

「ありがとうございます」

「お式は近いんですか？」

「六月を予定してるんです」

「ジューン・ブライドですね。もしかして、亡くなったお母様のお引き合わせでしょうか」

二三が言うと、充希は嬉しそうにリン子を見やった。

「さあ、どうでしょう。知り合ったのは母の亡くなるひと月くらい前だったんです。今年に入って、具体的に結婚の話が出て。こちらへ引っ越してきたのも、結婚の準備のためなんです」

充希の婚約者は小堺大六という新進の劇作家だった。作劇だけでは食べられないので、カルチャーセンターでシナリオ講座の講師を務めている。昨年の公演で、劇団海鋒が小堺の戯曲を上演したのがきっかけで知り合った。

「前の家は古くて、都心からも離れていて、正直、不便でした。庭の手入れも大変だったし。母は想い出があって手放せなかったんですけど、私はこれからのことを考えると……」

充希はちらりと腕時計に目をやり、椅子から立ち上がった。

「すみません。すっかりお邪魔してしまいました」

そして、申し訳なさそうに付け加えた。

「リン子が見つかって興奮してしまって、手土産も持たずに来てしまいました。不調法でお恥ずかしいです」

「とんでもない！」

三人は一斉に首を振った。

「それより、うちは昼間は食堂で、夜は居酒屋をやってます。家庭料理のメニューが多いんで、お酒なしでご飯だけ召し上がるお客さんもいらっしゃるんですよ。長坂さんも、お気が向いたらいらしてくださいね」

一子がやさしく言うと、充希ははっきりと頷いた。

「あ、そうだ。リン子ちゃんのペットシート、いっぱい残ってるんだけど」

二三は思い出して、二階を見上げた。

「でも、お荷物になっちゃうかしら」

と、充希はパッと瞳を輝かせた。

「あの、私、今夜、彼と二人で伺います。そのとき、彼に家まで運んでもらいますから」

皐がリードを充希に渡すと、リン子は足元にまとわりついてきた。

「本当に、お世話になりました」

充希は何度も頭を下げて、リン子と共にはじめ食堂を出て行った。

三人とも、全身から力が抜けてしまった。飼い主が見つかったのはめでたいが、「弥生」がいなくなってしまった寂しさが、一気に押し寄せてきたのだ。

「……ポスター、はがさないとね」

二三が溜息とともに呟いた。

「私、休憩時間にはがしてきます」

「いいわよ、さっちゃん。疲れてるんだから。要が帰ってきたらやらせるから」

「大丈夫ですよ。最近はジョギングしたりしてるんです」

「ありがとう、さっちゃん。お願いね。その代わり、後片付けは良いから」

こんなとき、一子はいつも的確なフォローをしてくれる。

「さ、私たちも一休みしようか」

「洗い物しないと」

「あとにしましょう。今日はもう、ぐったりでしょ」

二三は素直に頷いて、二階へ上がった。胸の中にぽっかり穴が空いたようで、気力が外へ漏れていった。

「こんにちは」

その日の午後五時半、開店すると五分もしないうちにカップルのお客さんが入ってきた。

女性は長坂充希、男性は婚約者の小堺大六だろう。

「いらっしゃいませ。どうぞ、お好きなお席に」

皐が笑顔で店内を指し示すと、二人は四人掛けのテーブルに向かい合って腰を下ろした。初めての客の常として、まずは店内をぐるりと見回し、壁の品書きをざっと読んだ。

皐がおしぼりとお通しをテーブルに運んだ。今日のお通しはランチの有料小鉢、たらこと白滝(しらたき)の炒(い)り煮。白滝はもちろん、築地(つきじ)場外の花岡(はなおか)商店の逸品である。

「お飲み物は何になさいますか?」

「知覧(ちらん)ｔｅａ酎……珍しいお酒、置いてあるんだね」

皐が説明しようとしたが、口を開く前に小堺は充希に向かってやんわりと言った。

「去年、鹿児島に行ったとき飲んだ。すごく美味(おい)しいお酒だよ。焼酎と緑茶のマリアージュ、だけじゃない深みがあって」

「じゃあ、それにしましょう」

充希が答えると、小堺は知覧ｔｅａ酎のソーダ割を二つ注文した。

「美味しそうなものが色々あるわね」

充希はメニューを開き、小堺の方に向けた。

「季節感のある料理が良いね。青柳(あおやぎ)とウドのぬた、根三つ葉とささみのワサビ和え、新玉ねぎの丸ごと肉みそあんかけ……」

「みんな頼みましょうよ。お野菜主体だから、全部食べても重くならないわ」

「そうだね。この、ハマグリのチャウダーと、牡蠣とほうれん草のグラタン、どっちにする？」

「そうねえ」

充希は選びかねて、カウンターの中の二三をちらりと見た。

「ハマグリのチャウダーでしたら、具材を召し上がった後、残りのスープでクリームパスタをお作りしますよ」

充希は嬉しそうに小堺を見た。

「それにしない、大六さん？」

「うん。そうだね」

皐がソーダ割を運んでゆくと、二人はグラスを合せて乾杯した。

小堺は充希より少し年下で、三十代後半くらいに見えた。中肉中背で色白、目鼻立ちは地味に整っている。特別イケメンではないが、全体にこざっぱりした感じだった。

そして、とても響きの良い声をしていた。意識しているのかどうか定かではないが、口調に甘さがあった。

調理をしながら何気なくフロアを見ると、カウンターの隅に立った皐が、考え込むような顔をしている。その視線の先には、充希と小堺の姿があった。

旬の根三つ葉をさっと茹で、水で冷やす。鶏のささみは筋を取り、酒と塩を加えた熱湯でさっと茹でる。ぼそぼそになってしまわない、プリッとした食感の残る状態が望ましい。

食べやすい大きさに切った三つ葉と、手でほぐしたささみをボウルに入れ、ワサビを溶いた出汁醤油で和えて器に盛る。

二三の母はこの料理を「とりわさ」と呼んでいた。正式なとりわさは、野菜と和えず、鶏だけを盛り付けるらしい。しかし、旬の三つ葉の香りと共に食するささみの味が、二三は大好きだ。

しばらくすると、常連のお客さんが次々と店にやってきた。店内は話し声や笑い声で騒がしくなった。

充希と小堺は注文した料理をあらかた食べ終えていた。残るは締めのクリームパスタだけだ。

二三は二人の様子を見ながら、カップルも人それぞれだと感じていた。例えば康平と瑠美は、いつも周囲の空気に溶け込んでいて「お邪魔しちゃ悪い」オーラを出すことはない。だが充希と小堺の周囲には、まるでバリヤーを張り巡らしたように、近寄りがたい雰囲気が立ち込めている。

まあ、二人の世界に浸ってられるのも、今のうちだしね。

二三はちょっぴり皮肉にそう思った。結婚したら雑事が増えて、ムードもへったくれもなくなるのだから。

「ごちそうさま。お勘定してください」

充希が皐に声をかけた。

「ありがとうございました」

勘定書きをテーブルに持ってゆくと、当然のように充希が払った。

「美味しかったわ。すっかりファンになっちゃった」

「ありがとうございます。またお待ちしております」

ペットシートを手渡しながら、二三も一子も声を揃(そろ)えて二人を見送った。

その夜は要から遅くなるという電話があったので、店を閉めた後の賄いは三人で囲んだ。

席に着くや、皐が意を決したように切り出した。

「あのう、お話ししたいことがあるんです」

営業中から、皐の挙動にいつもと違う何かがあるのは感じていたので、二三も一子も黙って耳を傾けた。

「私、昼間、電柱に貼ったポスターをはがしに行ったんですけど、実は、なかったんです」

「え？」

二三は驚いて訊き返した。電柱だけで二十五枚は貼ったはずだ。

「それが、一枚も見当たらなかったんです。佃公園の方までぐるっと行ったんですけど」

二三と一子はわけが分らず、顔を見合わせた。

「それだけじゃなくて、長坂さんは婚約者が《迷い犬》のポスターを貼ってくれたって言ってましたよね。それもありませんでした。一枚も」

充希はローソンの店内でポスターを見かけると、すぐにはじめ食堂に連絡し、その足で駆けつけた。そしてリン子を連れて自宅へ戻った。とてもポスターをはがす暇はないし、だいいち、他人の貼ったポスターを無断ではがすような真似（まね）はしないだろう。

二三と一子は再び顔を見合わせた。その顔には「どうなってんの?」と書いてあった。

「それで私、考えてたんですけど、さっき長坂さんの婚約者を見てピンときました。あの男、新庄拓馬（しんじょうたくま）にそっくりです。外見はともかく、同じタイプの人間ですよ」

二三も一子も思わず息を呑んだ。

新庄拓馬は、以前、皐に近づいて金をだまし取ろうとした若い結婚詐欺師だった。

「人の内懐（うちぶところ）にするりと入り込んで、心に潤滑油を注ぎ込んで滑らかにして、いつの間にか思い通りに操ってしまうんです。あの小堺という男の態度、物腰、話し方、みんな新庄と同じでした。長坂さん、だまされてるんですよ」

皐は高ぶろうとする感情を抑え込み、冷静な口調で先を続けた。

「二三さんが貼ったポスターをはがしたのは小堺です。もちろん、小堺自身は最初からポスターなんか貼ってないし、リン子を探したりもしてません」

皐の話には単なる憶測として片づけられないものがあった。電柱のポスターが故意にはがされたことは間違いない。店内に貼られたポスターには手出しできなかったのだろう。

「そもそも、リン子を迷い犬にしたのも小堺の仕業だと思います。リン子はきっと、動物の勘で、小堺がご主人にとってよからぬ輩だって気がついたんですよ。それで小堺はリン子が邪魔になって……」

小堺は結婚詐欺を働くつもりはないだろう。脚本家としての将来もあるのだから。しかし、金づると考えるなら、充希は格好のターゲットだった。親から相続した土地を売った金がある。庭付きの家に住んでいたというから、それなりの広さで、金額だって大きいに違いない。そして身寄りがなく、頼れる親戚もいないらしい。邪魔になるのは自分の正体に気付いているリン子だけ……。

「でも、私たちに何ができる?」

二三はいささか自嘲的に言った。

「充希さんは小堺に夢中で、結婚しようとしてる。外野が何を言ったって聞く耳を持たないわよ。自分で痛い目を見て、目を覚ますしか道はないわ」

皐も内心忸怩たる思いだった。あのとき、万里と二三と一子が確実な証拠を集めて目のない。

前に突き付けてくれなかったら、皐は未練を捨てきれず、拓馬にだまされ続けたかも知れない。

「充希さんは大人だし、ちゃんと常識のある人よ。いつかは目を覚ますと思うわ」

「思う」に「願う」の祈りを込めて、二三は言った。

「それまでに、またリン子に災難が起きないといいんだけどね」

一子の言葉に、二三と皐は背筋が寒くなった。

「お姑さん、どうしよう⁉」

二三はすがるような眼(め)で一子を見た。

「ここは、賭(か)けるしかないわね。充希さんとリン子の絆(きずな)の深さに」

一子は何事かを思い定めた目になって、きっぱりと断言した。

四月の初めの金曜日の夜、閉店時間の十分前に、充希が店に現れた。

「いらっしゃいませ。すみません、そろそろ閉店なんですが」

皐が申し訳なさそうに言うと、充希は首を振った。

「お客じゃないんです。一子さんにご報告があって、伺いました」

一子は店の奥から出て、充希に近づいた。

「立ち話もなんですから、お座りください」

充希は素直に勧められた椅子に座り、一子は向かいの席に腰を下ろした。

「小堺とは別れました」

前置きもなしに、充希は言った。

一子は驚いた様子もなく、しっかりと頷いた。

「仰る通りでした。小堺がリン子を苦手にしているのは何となく感じていました。でも、まさか、殺そうとするなんて」

「ええッ⁉」

二三と皐は思わず叫び声を上げてしまった。

「私、見たんです。二週間ほど前の夕方、お風呂に入るふりをして、ドアの陰から様子を窺っていました。そうしたら小堺がキッチンへ行って、リン子のご飯に薬を混ぜたんです。私、飛び出して行ってその場を押さえました」

小堺はあれこれ言い訳したが、そのうろたえぶりを見れば、答えは明らかだった。毒薬に違いない。充希は「警察を呼ぶ」と脅して、小堺を家から追い出した。永久に。

後に分ったことだが、大学の研究所で調べてもらった結果、薬は農薬だった。飲んだら猛毒である。

二三と皐は衝撃に言葉を失ったが、一子は予想していたかのように、平然としていた。

「実は、二人でこちらに伺った後、一子さんからお手紙をいただきました」

そこにはリン子の失踪に関する数々の疑問点と、小堺への疑惑が、極めて具体的に書かれていた。最後に、小堺がリン子に危害を加えるかもしれないという危険性が。

「最初は信じられませんでした。でも、何度も読み返すうちに、色々と腑に落ちることがあると思いました。そして、冷静になって小堺の行動を見守るようになりました」

充希の唇に自嘲めいた笑みが浮かんだ。

「本当に、人間って、口では何とでも言えますよね。夢にも思ってもいないことだって。でも、行動はごまかせません。その人のすることをじっと見ていると、本当はどういう人間なのか、見えてきました」

充希は小堺がリン子に危害を加えたりしないか、気を付けて見張るようになった。そして、ついにその瞬間をとらえ、見逃さなかった。

「なんだか、今は憑き物が落ちたような気がしています。私、母を喪って寂しかったんです。もし母が元気でいたら、小堺に惹かれることもなかったでしょう。まして、結婚なんて」

「おめでとうございます」

一子は少しの皮肉もない、優しい声で言った。

「亡くなったお母様が、充希さんを守ってくださったんですね。これからきっと、ふさわしい方と巡り合えますよ」

「ありがとうございます」

充希は目を潤ませた。その顔は悲しんではおらず、喜んでいた。

「その人はきっと、リン子のことも可愛がってくれると思います。私の妹ですから」

二三と皐は、どちらからともなく溜息を漏らした。心を覆っていた黒い霧が、きれいに晴れてゆくのを感じながら。

第四話 ● めでタイ正月

四月になると、佃小学校の通学路には、新しく一年生になった子供たちが登場する。ランドセルが新品なので、すぐそれとわかる。

買出しに出かける途中、信号待ちの車の窓からチラリと子供たちの姿を見て、二三は微笑ましい気持ちになった。

新一年生には遅生まれと早生まれ、体格の差もあるから、ランドセル姿が様になっている子もいれば、ランドセルに押しつぶされそうになっている子もいる。

それにしても、近頃のランドセルのカラフルなことよ。二三が小学生の時は男子は黒、女子は赤がほとんどだった。それが今は色鉛筆のセットくらい様々な色がある。特にパステルカラーが目につく。

だからと言って「今の子はいいなあ」とは思わない。二三の子供時代だって十分楽しかった。新しいランドセルを買ってもらった時は嬉しくて、枕元に置いて寝た。入学式の前は気分が高揚して眠れなかったほどだ。

信号が青に変わった。二三はまっすぐ前を見て、車を発進させた。築地場外まではあっという間だ。

「さっちゃん、八朔、買ってきたわよ」

その日、朝十時十分前に出勤してきた皐に、二三は八朔をかざして見せた。

「あ、ありがとうございます」

皐が土曜の夜、「八朔がシーズンだから、サラダで使ってみたいんですけど」と提案したので、すぐ実行に移した。皐の感覚は一子や二三より新しいから、面白いサラダができるだろう。

「日向夏も買ったの。ホタルイカと酢の物にしようと思って」

「良いですね。ホタルイカの濃厚さと日向夏の爽やかさがピッタリ」

二三は口を動かしながらも、ちゃんと米を研いでいる。皐は手早く白衣を身に着けて、食堂のテーブルを拭いている。一子は味噌汁の具材を準備している。三人ともこまめなのだ。

ガス炊飯器に点火してから、かっきり三十分でタイマーが鳴る。炊飯十五分、蒸らし十五分が終わったことを告げる音だ。この時点ですべての準備が終わっていないと、店はバタバタになる。

皐は膝を折って腰を落とし、炊飯器を調理台に持ち上げた。二本の杓文字を使って、ご飯を保温ジャーに移すのは二三の役目だ。

それが終わると、一子が底に残ったおこげをこそげ、おにぎりを作ってくれる。それが三人の朝の賄いだ。ガスで炊いたご飯は、塩を振るだけで十分美味しいが、今朝はゴマとジャコが入った豪華版だった。

「さて、準備よし！」

皐が入り口の引き戸を開けると、すでに外にはお客さんが並んでいた。

「こんにちは！　いらっしゃいませ。どうぞ！」

皐は定食メニューを書いた看板代わりの黒板を表に出しながら、笑顔で挨拶した。

お客さんたちも口々に挨拶を返しながら、店に入ってきた。

今日の定食は、日替わりがハンバーグと鮭フライ（絶品自家製タルタルソース付）、焼き魚がアジの干物、煮魚が赤魚。ワンコインはナポリタン山田さん風。小鉢はクミンキャベツ。五十円プラスでもう一品の巾着煮（豚ひき肉と白滝入り）が付く。味噌汁は豆腐とわかめ。漬物は一子手製のキュウリとカブの糠漬け。

これにドレッシング三種類かけ放題のサラダがついて、ご飯と味噌汁はお代わり自由。それでお代が一食七百円は努力賞ものではあるまいか。

涙を呑んで小鉢一品プラスに五十円を頂戴することにしたが、昨今の食材料の高騰を考えれば、これでもギリギリなのだ。

「ハンバーグで小鉢二品ね」

「私、鮭フライで小鉢二品」

「ナポリタンの定食セット」

席に着いたお客さんからは次々注文の声が飛ぶ。小鉢を一品にするか、二品にするかで、少し注文が複雑になったが、皐は間違えることなくきちんと対応していた。

「さっちゃん、山田さん風って、どこが違うの？」

ナポリタンの定食セットを注文したご常連のサラリーマンが尋ねた。

「玉ねぎ・ピーマン・ウィンナーの基本の具材に、ちょっぴりニンニクを利かせています。それと、隠し味にウスターソースを少し」

「ふうん。今度、目玉焼きのっけたの、こさえてよ」

サラリーマンはナポリタンに粉チーズを振りかけながら言った。

「はい。次回のナポリタンでご期待ください」

ナポリタン好きには各々こだわりがあり、他にも「魚肉ソーセージを入れて」というリクエストをもらったので確約はできないが、お客さんの期待には出来る限り応(こた)えたい。

「さっちゃん、これ、どうやって作るの？」

鮭フライ定食を注文したＯＬが、クミンキャベツを指さした。

「簡単。キャベツをちぎってクミンパウダーと塩とオリーブオイルで混ぜるだけ」

「異国の香りね」

「ワインに合いますよ。コツは味見しながら塩を足すこと」

今日はクミンシードも散らして香りを強めた。皐が料理雑誌で見て提案したメニューで、箸休めとして使えるので食堂で出すことにした。和えてすぐでも、少し時間がたってキャベツがしんなりしても、両方美味しい。

もう一つの小鉢巾着煮は、ご飯のおかずになるように、少し濃いめの味付けにした。今日はひき肉と白滝を入れたが、卵を入れると定番のお惣菜で、これも人気メニューだ。

「さっちゃん、五十円プラスするから、タルタルソースのお代わりくれない？」

鮭フライ定食のＯＬが皐に手を合わせた。

「大丈夫ですよ。はい、どうぞ」

皐はすぐにカウンターからタルタルソースを入れたアルミカップを取り、ＯＬの皿に載せた。

「ありがとう！　恩に着る」

ＯＬはタルタルソースをご飯の上に載せ、醤油を少し垂らすと、美味そうにかきこんだ。その様子を見ていた三人のＯＬ仲間は、うらやましそうな顔をした。彼女たちはハンバーグ定食を注文していたのだった。

「ねえ、さっちゃん、ここのタルタルソース、有料で別売りしたら？」

「絶対人気出るわよ。売ってるのと全然違うもん」

皐はカウンター越しに厨房の一子を見た。タルタルソースは一子の手作りで、亡き夫孝蔵秘伝の逸品である。一子は嬉しそうに微笑んでいる。

「貴重なご意見、ありがとうございます！」

皐は元気よく頭を下げて、カウンターに引き返した。台には出来上がった定食が二セット載っている。慣れた動作で両手に載せ、次のテーブルへと運んで行った。

「タルタルソースの別売りは良いアイデアじゃない」

鮭フライにたっぷりとタルタルソースをまとわせながら、野田梓は言った。

「僕も同感だな。フライの時しかこれが食べられないのは、ちょっと寂しいと思ってたんだ」

おろしぽん酢を載せたハンバーグを箸で割りながら、三原茂之も大きく頷いたが、途中でふと手を止めた。

「しかし、そうなると僕は毎日タルタルソースを食べてしまうな」

三原は健康に気を遣って、サラダのドレッシングもノンオイルを選んでいる。しかし、フライの時だけは一子手製のタルタルソースをたっぷりと付ける。

ちなみに、今日は梓も三原も、鮭フライとハンバーグをハーフ&ハーフで注文した。タルタルソースはもちろん食べたいが、はじめ食堂の看板メニューの一つハンバーグも外せないのだ。

「売るとしたら、値段はいくらかしら」

二三がアルミカップを見て問うと、カウンターの端に腰を下ろした一子も首をひねった。

「小鉢が五十円だからねえ」

二三も一子も小鉢とアルミカップの大きさを見比べた。

「十円じゃあねえ」

「もう一回り大きいカップにして、三十円とか、だめですか?」

皐もアルミカップをじっと見て言った。

「二十円でどうだろうね。おかずにするお客さんもいるし」

一子の言葉に、二三はすぐに同意した。

「そうよね。それくらいはいただこうよ。手作りなんだし」

二三を励ますように、梓が言葉を添えた。

「でも、お宅の有料の小鉢、すごい充実してると思うわよ。これが五十円なんて、もってけ泥棒よ」

「ありがとう野田ちゃん。持つべきものは友だわ」

「別にお世辞じゃないわよ。コンビニでもカップ入りの惣菜、売ってるじゃない。あれ、百円以下はないからね」

「ああ、そういえば、最近よく見かけるな。アイスクリームの入れ物くらいの大きさの」

思い当たったようで、三原も納得した顔になった。

はじめ食堂の有料小鉢は、ポテトサラダ、マカロニサラダ、タラコと白滝の炒り煮、豚コマと白滝の生姜煮、茶碗蒸し、揚げ出し豆腐、餡かけ豆腐、ニラ玉豆腐、ジャーマンポテト、ひき肉入り洋風おから、季節のゼリー寄せ、各種の巾着煮等々、それなりに食べ応えのあるメニューを揃えている。コンビニで買ったら百円以下の品はないはずだった。

そんな二三たち三人の自負を裏付けるように、お客さんたちはほとんどが二品目の小鉢も注文してくれる。たかが五十円の値上げではあったが、はじめ食堂のメンバーには大きな自信を与えてくれたのだった。

時計の針が二時に近づき、お客さんたちはすべて引き上げ、これから賄いが始まろうという時間となった。

「ちわ～」

赤目万里が店に入ってきた。勝手知ったる古巣である。お客さんとしてお金は払うのだが、七年間食べ続けた賄い飯と別れ難く、遅い時間にスタッフのような顔をしてやってくる。それはもちろん、二三も一子も歓迎しているからこそだ。

「今日のメインはハンバーグとナポリタン。万里君にピッタリのお子様ランチセットよ」

「ラッキー」

二三と軽口の応酬をしながら、万里はさっさとテーブルをくっつけた。今日は月曜日。賄いタイムにはもう一組のご常連がやってくる。

「こんにちは～！」

派手な声を上げて入ってきたのは、ショーパブ「風鈴（ふうりん）」で働くニューハーフのモニカとジョリーンだ。二人とも皐の元同僚で、親友だった。

「今日は新人を紹介するわね」

モニカが言うと、ジョリーンが店の中から外に向かって手招きした。

「シリポーン、いらっしゃ～い」

呼ばれて髪の長い美形が入ってきた。

「こんにちは。シリポーン・ムサクンラットです。よろしくお願いします」

シリポーンは二三たちに向かって頭を下げた。まだ来日して日が浅いのか、日本語のイントネーションは覚束（おぼつか）ない。美しいが、どことなく寂しげな印象だった。

「ようこそ、いらっしゃい。何でも好きなもの食べてね」

皐が挨拶すると、シリポーンはジョリーンを振り向いて訊（き）いた。

「メイさん？」

メイは風鈴のスターだった頃の皐の芸名である。

「そうそう。あ、この子、楽屋でステージ写真見たのよ」

皐はシリポーンに親しみを込めて微笑みかけた。

「お店で会えなくて残念だったわ。いつでもご飯食べに来てね」

「ありがとう、おねえさん」

二三が厨房を指し示した。

「うちはビュッフェスタイルなのよ。好きなもの、好きなだけ食べてね」

「はい。ありがとうございます」

その代わりニューハーフたちは、配膳や後片付けを手伝ってくれる。

「フィリピンの方じゃないみたいね」

二三がそっと耳打ちすると、皐もうなずいた。

風鈴にはフィリピンから出稼ぎに来ているニューハーフのダンサーが大勢いて、その中の数人はモニカとジョリーンに連れられて、はじめ食堂にランチを食べに来た。シリポーンは東南アジア系の顔立ちだが、フィリピン人とは少し違っている。

「タイの人でしょ？」

万里が訊くと、シリポーンは嬉しそうに頷いた。

「俺、タイ料理大好き。トムヤムクン、ヤムウンセン、カオマンガイ、ガパオライス、ガイヤーン、パッタイ」

知っているタイ料理を片っ端から並べると、シリポーンは小さく笑みを漏らした。

「それとパクチーにナンプラー」

「それは料理じゃないって」

二三が突っ込んでもいささかもめげない。

「良いんだよ。パクチーとナンプラー取ったら、タイ料理じゃないじゃん」

「皆さん、どんどんお好きなもの取ってきてくださ〜い」

二三はわざと両手でメガホンを作って叫んだ。

「行こう、シリポーン」

モニカがシリポーンの肩に触れ、厨房へ促した。

「ここの料理はみんな美味しいのよ」

「はい」

一同、それぞれ好きな料理を皿に取り、テーブルに運んでいった。皐とニューハーフたちはだいたい定食の料理は一通り皿に盛るが、万里は魚料理には手を出さない。魚卵と貝と甲殻類は好きなのに、尾頭付きの魚はシラスからマグロまで、全部ダメなのだ。

ところが、今日に限って鮭フライをほんの少しちぎって皿に載せた。

「どうしたの？」

一子が万里の皿を見て訝しげな顔をした。

「うん。俺、少しずつ魚にチャレンジしようと思って」

「無理しなくても良いのよ」

しかし、万里はきっぱりと首を振った。

「日本料理の修業してるのに、魚食えないなんて致命的だよ」

「ご主人に何か言われた？」

今度は二三が尋ねた。万里が修業しているのは「八雲」という割烹で、弟子入りした時に魚が食べられないことは伝えてある。

「いや、なにも。ただ、何と言っても和食の華は魚介料理だよね。自分が食えないものをお客さんに出すっていうのは、やっぱ違うような気がする」

万里は睨むように鮭フライを見た。

「まずは、食べやすいものから試してみようと思うんだ。いつかおばちゃん、言ってたよね。マグロの頬肉は肉と魚の中間みたいな感じだって」

二三もそれは覚えている。

「俺、サーモンとか舌平目とかカジキマグロとか、西洋料理に使われてる魚って、魚嫌いにも食べやすいんじゃないかって思うんだ。ほら、西洋人て、基本肉食じゃない」

二三は思わずパチンと指を鳴らした。

「それ、言えてるかも」

「ふみちゃん、いつか、フランス料理に出てくるムール貝やホタテは、あさりやハマグリに比べると磯(いそ)の香りが薄い。だから日頃貝を食べないフランス人の口に合うんじゃないかって、そう言ってたわよね」

一子は額に指を当て、記憶を手繰り寄せながら言った。

「その伝で言えば、万里君の言うことは理屈に合ってるわ。西洋人の食べる魚は、魚を食べなれない人でも口に合うのよ、きっと」

皐は感嘆した顔でため息を漏らした。

「二三さんも一子さんも万里君も、すごいわ。本気で料理の仕事をしてる人の発想って、違うわね」

「あら、皐だって自分のお店持つんでしょ」

モニカの言葉に、皐は首を振った。

「私なんて、まだまだ駆け出し。日々至らなさを痛感してるわ」

「そんなことないわよ。さっちゃんは発想が新鮮で、私もお姑(かあ)さんも勉強になるわ」

二三が「ね？」と同意を求めると、一子も大きく頷いた。

「そうそう。さっちゃんのおかげでウナギが出せたわ」

そこで言葉を切って、万里に目を向けた。

いよいよ鮭フライに箸を伸ばそうとしている。果たして万里の挑戦は成功するか？　一同、息をひそめて成り行きに注目した。

「皆さん、注目しすぎ。照れるなあ」

口では軽く言いながらも、目は真剣だ。万里はタルタルソースをたっぷりフライにからめ、慎重に口に入れた。

無事に飲みこめるか？　それとも途中で吐き出してしまうか？

十二の瞳（ひとみ）が緊張して見守る中、万里は顔の表情を変えないまま、キチンと飲みこんだ。あわててお茶を飲んだりもしない。

「やったね！」

二三は皐とハイタッチを交わした。

「どうだった？」

一子が少し心配そうに尋ねた。

「うん。これなら大丈夫」

「そりゃあ良かった」

「でも、まだ道は遠いよ。これはフライで、タルタルソースいっぱいつけたから何とかなったけど、塩鮭だったら食えるかどうか分んない」

「あわてることないわ」

一子は優しく微笑みかけた。

「一度にあれもこれもってわけにはいかないよ。ゆっくり一つずつ、食べられる魚料理を増やしていけばいいんだから」

「ってことは、次は舌平目のムニエル？」

ジョリーンが言うと、二三が後を続けた。

「鮭が行けたんなら、マグロの頰肉のステーキは絶対大丈夫だと思うわ。今度、特別メニューで出してあげる」

「いや、それは良いよ。わざわざ作ってもらうのは申し訳ない」

「柄にもなく遠慮するじゃない」

二三がまぜっかえすと、万里は大げさに呆れた顔をした。

「おばちゃん、マグロの頰肉がいくらするか知ってんの？」

「知らない。買ったことないもん」

万里は「やっぱり」と言いたげに肩をすくめた。

「通販でも送料込みでキロ五千円弱だよ」

「ってことは、百グラム五百円？」

「あたり」

「冗談じゃない。高い牛肉並みじゃない」

ちなみにはじめ食堂では牛・豚・鶏を問わず、百グラム百九十八円以上の肉はほとんど買わない。

「俺が見た中で一番安かったのが、業務用二キロ五千円ってやつ。高いのはキロ八千円はしたな」

二三は降参したように両手を挙げた。

「前言撤回します」

食堂に小さな笑いが生まれ、その輪は緩やかに広がった。

「そう言えば、今、風鈴にタイのダンサーは何人いるの？」

皐が尋ねると、モニカとジョリーンは気の毒そうに眉をひそめた。

「それがね、シリポーン一人なのよ。最初は姉妹で来日した子と三人だったんだけど……」

「チムリンとチラワンだったっけ。それが二人とも、来日早々失踪しちゃったのよ」

「実は別の店に引き抜かれたって噂もあるんだけどね」

「マネージャーは大騒ぎだったけど、寮はもぬけの殻だし、いなくなったものはしょうがないわよね」

「結局シリポーンだけ残ったの。可哀想に、この子は何も悪くないのに、肩身の狭い思いをしてるんだと思うわ」

「それは気の毒に」

一子も二三も、シリポーンがどことなく寂しげに見えた理由が分った気がした。

「日本には慣れた？」

皐が尋ねると、シリポーンは「少し」と答えた。

「真面目な子だから、仕事の覚えは早いの。日本食も大丈夫だし」

モニカが言うと、ジョリーンも太鼓判を押すように頷いた。

二三はいたわるような口調で、シリポーンに話しかけた。

「最近は日本もタイ料理屋さんが増えたから、その点は安心よね。もう、日本でタイ料理は食べました？」

シリポーンは「はい」と答えた後「でも」と眉を曇らせた。

「日本のタイ料理、私のふるさとの料理、ないです」

二三と一子は思わず「えっ！」と声を上げそうになったが、考えてみればどの国にもそれぞれの郷土料理がある。それが本国でもレアな存在であれば、外国で出会うのは難しいかもしれない。

「タイって確か、象の顔みたいな形してて、鼻の部分は南北に長いんだよ。だからきっと、料理も地域差があるんだと思うよ」

万里が極めてまともな意見を言うと、シリポーンはパッと顔を輝かせた。

「私のふるさと、イサーンのカラシンです」

タイの国土は象の顔に例えられるように、北・東北・中央・南の四つの地域に分けることが出来る。イサーン地方は東北部のことで、カラシン県はその中の一地域だ。

料理も四つの地域で特徴が異なっている。東北部の料理は甘味を使わず、塩気と酸味が強い。タイ料理では一般的なココナッツミルクも、菓子以外には使わない。つまり、日本のタイ料理店ではあまり出てこない料理が多い。

「つまり、秋田県民が京料理の店に入って、しょっつるを恋しがるようなもんか」

万里のたとえは乱暴だが、分かりやすい。

「そりゃあ、辛(つら)いわねえ」

一子が同情を込めて呟いた。

「日本の料理だったら、うちで口に合うものを作ってあげられるけど、タイ料理じゃねえ」

皐がモニカとジョリーンに言った。

「東北部のタイ料理を出してくれる店、ネット検索で探せない？」

「それがねえ」

二人とも情けなさそうな顔で首を振った。

「東北部のタイ料理とか、タイの東北部料理で検索したの。そしたら、東北にあるタイ料理屋さんとかタイの東北部の店とか出てきちゃって」

「探し方が悪かったのかしらねえ。でも、他にどんなワードがある？」

「そうよねえ」

皐も困惑顔になったが、万里は突然閃いたのか、人差し指でテーブルを叩いた。

「さっき、シリポーンがなんか言ったよね。あなたのふるさと、どこですか？」

人差し指を向けて質問すると、シリポーンは答えた。

「私のふるさと、イサーンのカラシンです」

「それだ！」

万里がポンと手を打った。

「イサーン料理・タイで検索してみよう」

早速スマートフォンを取り出して画面をタップするや「あった！」と歓声を上げた。

「ある、ある、ほら」

水戸黄門の印籠のようにスマートフォンを突き出し、一同の目の前を一周させた。

「『バーンイサーン』高円寺、『イサーンキッチン』三軒茶屋、『ヤムヤム』門前仲町、『イサーン』浅草……この店、『孤独のグルメ8』に出たんだって。あと『ソイナナ』新宿……ここ、全品六百八十円均一だって。まだまだある」

「万里君、すごい！」

モニカとジョリーンが同時に叫んだ。

「良かったね、シリポーン」

「はい。ありがとうございます」

シリポーンは椅子から立ち上がり、万里に頭を下げた。

「いやいや。当然のことをしたまでです」

万里はわざとらしく髪の毛をかき上げ、胸を反らせた。

シリポーンは目を輝かせた。

「私、お正月に行きたいです」

「そんなに待たなくても、お休みの日に行けるんじゃない？」

二三が怪訝に思って言うと、ジョリーンが代わりに応えた。

「私も知らなかったんだけど、タイってお正月が三回あるの。元旦と旧正月、それと四月はタイの旧正月ですって」

タイの旧正月はソンクラーンという名で、四月十三日から十五日まで祝日に制定されている。「水かけ祭り」としても有名で、コロナ禍の前は観光客も大勢訪れ、タイ中がお祭りムードでにぎわった。

「年三回もお正月じゃ、おせち料理が大変だね」

一子の言葉に、再び小さな笑いの輪が広がった。

「タイの旧正月のおせち料理は『カオチェー』っていう冷やしジャスミン茶漬けよ」

その夜、閉店後に帰宅した要に タイの旧正月のことを話すと、さすがは編集者で、どこかで仕入れたミニ知識を披露した。

「お茶漬けがおせちなの？」

二三も一子も皐も意外そうな顔をすると、要は得意げに説明を始めた。

「お茶漬けって言っても、超高級よ。元は宮廷料理だって。ラーマ五世が好んだのが始まりらしいわ」

要はクミンキャベツをバリバリと嚙んで「うん、イケる」と頷いてから、先を続けた。

「ジャスミン米を固めに炊いて、水で洗ってぬめりを取ったら、ジャスミンの花で香りを付けた水に浸すの。それ用にすごい手の込んだおかずが何種類もあって、それを肴に冷たいジャスミン茶漬けを食べるわけ。あっついタイの夏にぴったりの料理だって」

「要さんは食べたことあります？」

皐が尋ねると、要はハンバーグを頬張って首を振った。

「なんか、すごい手がかかるらしくて、バンコクでも高級店が季節限定で出すだけらしい。東京で食べられる店、ないんじゃない」

「それじゃ、シリポーンさんには馴染みがないわね、きっと」

「そうですね。タイ東北部の料理と違うし」

「何の話？」

　要が缶ビールを片手に、二三と皐を見た。

「ホームシックになったタイ人のニューハーフ」

　二三が手短にシリポーンのことを話すと、要は額に人差し指を当てた。

「丹後（たんご）に訊けば良さそうな店、分かるかもしれない。料理雑誌の編集部にいたことあるし、エスニック好きだから」

「一応万里君が『イサーン料理』で検索してくれて、何軒か候補は見つかったの。旧正月に行ってみるって、喜んでたわ」

「へえ。あいつ、結構役に立つね」

「やっぱり、料理には嗅覚（きゅうかく）が働くんですよ。料理人だから」

　皐の言葉に、要は神妙な表情を浮かべた。

「そうか。万里、もう料理人なんだ。まだニートのイメージ残ってるけど、頑張ってんだな」

「そうそう。本人が言ってるもの。『男子三日会わざれば刮目（かつもく）して見るべし』って」

　二三はそのセリフを口にした昔の万里を思い出した。あの時は冗談だったが、今や現実だ。親方の下で高みを目指し、日々精進を重ねている。魚だって鮭から始めて、徐々に色々な種類を食べられるようになるだろう。

「万里君、今日、鮭フライ食べたのよ」

一子が言うと、要は目を見張った。

「ウソ！　あいつ、シラスからマグロまで、尾頭付きは全部だめだったじゃん」

「努力してるのよ。日本料理を極めようと思ったら、やっぱり魚料理は避けて通れないものね。自分が食べられないものをお客さんに出すのは間違ってるって、今日そう言ったわ」

「ああ、おばあちゃん、私、泣きそう」

要はぐすんと洟をすすり、缶ビールを飲み干した。

「私も仕事、頑張らなくちゃ」

その言葉で、二三は気になることを思い出した。要の勧める出版社で新作を出すことになった、人気上昇中の歴史学者塩見秀明のことだ。

一時は週に何回もはじめ食堂を訪れて、閉店まで粘っていた。その時刻に帰宅する要に会いたくて通っているのではないかと、二三も一子も皐も推測していた。しかし、四月に入ってからすっかり足が遠のいた。他に贔屓の店が出来たのなら仕方ないが、もしかして要と何かトラブルがあったのではないか、気になっている。

「そう言えば、塩見先生、最近どうなさってる？」

「新作の準備で忙しいみたい。タイに取材旅行に行ったって、丹後が言ってた」

「タイ？」

「山田長政について書くみたいよ」

「ああ、なるほど」

どうも今月はタイとご縁があることだと、二三は少し不思議に思った。

「これ、さっちゃんのアイデアでしょ？」

メニューに書かれた「八朔とベビーリーフの新玉サラダ」を指さして、菊川瑠美が言った。

「分かります？」

「何となく、イメージで」

瑠美はちらりと隣席の辰浪康平を見た。

康平は注文した焼酎「蔵の師魂 The Green」のソーダ割を自ら作っている。グラスに注いだ焼酎と氷をなじませてから炭酸を注ぎ、一回ステアする。

「このひと手間が大事なんだ」

グラスの一つを瑠美に渡し、乾杯した。

「なんだか、ちょっとスプリッツァーっぽい」

スプリッツァーとは白ワインを炭酸で割ったカクテルだ。

「正解。蔵の師魂 The Green はソーヴィニヨン・ブランから分離した酵母を使ってるから、酵母由来のメロンやバナナみたいな香りがして、味わいも白ワインに通じるジューシーさがあるんだ」

「そうなの。ホント、焼酎も深いわね」

康平の薫陶で日本酒に詳しくなった瑠美だが、焼酎は完全な初心者だった。

「この爽やかさで、何か辛い料理食べたいわ」

瑠美と康平は額を寄せ合ってメニューを眺めた。

「すごい、ヤムウンセンがある！　康平さん、これ頼みましょう」

「あと、このパクチーシラス塩昆布も。日タイ融合だ」

「この牛肉の転がし焼きっていうのは？」

瑠美がメニューから目を上げて皐を見た。

「思いっきり胡椒(こしょう)をまぶした牛のたたきです。ワサビ醤油で召し上がっていただくんですけど、胡椒で舌がヒリヒリしますよ」

「良いわねえ。今日のお酒にぴったりじゃない」

「この、スパイシー塩辛って、これもエスニック風？」

「はい。イカの塩辛をタイ風にアレンジしました」

「じゃあ、これも頂戴」

注文が終わると、瑠美と康平はもう一度グラスを合わせた。

「今日はなんだかエスニック祭りだな」

「たまには良いわ」

「しかし、はじめ食堂でこんなにタイ料理が食べられる日が来るとは思わなかった……」

二三がカウンター越しに身を乗り出した。

「ランチでガパオライスとカオマンガイはやったことあるのよ。今年の夏もやろうと思ってるの。それとスープ春雨」

スパイシー塩辛は市販の塩辛とパクチー、レモングラス、にんにく、赤玉ねぎ、赤唐辛子、そしてキーライム果汁を和えたタイ風のおつまみで、辛さと旨(うま)さが酒を呼ぶ。

「辛いけど、焼酎のソーダ割にはぴったり」

二人は辛さでしびれた舌をソーダ割でリセットしながら、タイ風塩辛を平らげた。

「お次はちょっと優しい味です」

八朔のサラダが登場した。これは八朔とベビーリーフを、新玉ねぎをミキサーで攪拌(かくはん)して作ったタレで和えて作る。タレ自体にもサラダ感が漂い、柑橘(かんきつ)類との相性も抜群だ。

「本当、やさしい味ね」

食べ進むうちに、唐辛子でしびれた味覚が正常に戻ってくるようだった。康平と瑠美は二杯目のソーダ割を注文した。

「康平さんの仰る通り。これは日タイ融合の味です」

皐がパクチーシラス塩昆布の皿をカウンターに置いた。文字通りパクチーとシラスと塩昆布を、レモン汁とオリーブオイルで和えて白煎りごまを振っただけの料理だが、濃い旨味と香りが焼酎とよく合う。シラスと昆布の軽い塩気に箸も進む。

「お待たせしました。ヤムウンセンです」

続いて登場したのは、今やすっかり日本でも有名になった、タイ風春雨サラダである。タイ料理の基本の味は辛味、甘味、酸味、旨味と言われているが、ヤムウンセンを食べると「甘辛酸っぱい」がよく分かる。

二三は二人の食べ具合を見極めて、いよいよメインの牛肉の転がし焼きにとりかかった。これは牛の赤身肉のブロックに、手でたたきこむようにしてしっかりと胡椒をつけ、油を引かないフライパンで表面をしっかり焼いてゆく。火は強めの中火で、肉を転がしながら、まんべんなく焼き目をつける。

粗熱が取れたら薄切りにして盛り付け、わさびと醤油を添えて出す。薄切りにするのは、厚切りにすると胡椒が利きすぎて食べにくいからだ。

瑠美は牛肉を一切れ口に入れ、しっかりと噛んだ。

「肉を食べてる感じがするわ。それに、表面を焼くだけで生とは違うわね。余熱で中心も温まってる感じ」

「俺、どうも牛肉を刺身で食うのって、違うような気がするんだ。鶏わさだってさっと茹(ゆ)でて火を通してるし」

康平の言葉に、二三は昔読んだ『美味しんぼ』で、海原雄山(かいばらゆうざん)が生の牛肉の刺身を出されて怒るシーンがあったのを思い出した。

「それと最近、牛肉の脂身に弱くなったわ。先週、鉄板焼きの店に招待されたんだけど、コースの最後の特A五番のサーロインステーキを、もう少しで残しそうになったの。せいぜい百グラムくらいの大きさで、ちょっと前なら二枚くらいペロリだったのに」

瑠美は赤味の牛肉にわさびを載せ、醤油につけて口に入れた。

「特A五番って、サシ入りまくりで、脂の塊みたいなもんよね。それでもたれたんだと思う」

「分かる。俺も豚や鳥の脂は大丈夫なんだけど、牛の脂身って、何となく重いよね。最後の方でズシンと来るっていうか」

その話は二三も身につまされた。一体いつから《脂の滴る》ビフテキが重くなってしまったのだろう。四十代までは楽勝だった。それが今では最後の一切れまで完食すると、脂汗が出そうになる。

そんなことを考えながら、次々に来店するお客さんの注文に応えているうちに、瑠美と康平も最後の皿を食べ終わっていた。

康平がグラスに残ったソーダ割を飲み干して尋ねた。

「シメ、どうする?」

「そうねえ。今日はエスニック祭りだったから、シメは和風が良いわね。ご飯とお味噌汁とお新香」

「そうだね。おばちゃん、というわけで、お願い」

「はい」

一子がカウンターの隅から顔を覗(のぞ)かせた。

「シラスおろしあるけど、食べる?」

康平も瑠美も二つ返事だ。

「もらう」

「私もお願いします」

大根はジアスターゼが豊富で、消化にも良いのだ。

二三はおろし金で大根を下ろしながら、シリポーンは故郷の味に出会えたのだろうかと思った。

翌日の午後二時近く、はじめ食堂は賄いタイムに突入した。今日も万里が参加している。

「いっただきま～す！」

作法通り、まず味噌汁に口をつけて、万里は目を見開いた。

「これ、だれ作ったの？」

皐が手を上げた。

「おぬし、やるな」

「ウフフ。光栄です」

今日の味噌汁の具はセリだ。そのまま汁に入れたのではなく、まずゴマ油で軽く炒めてから出汁を入れ、味噌を溶いた。セリの香りとごま油の風味で、春たけなわを演出する味噌汁になった。

「出来れば作りたてを飲みたかった」

「残念ね。私たちは味見しちゃったけど」

二三はわざとらしく、一子と皐とアイコンタクトした。

「おばちゃん、今に意地悪ばあさんって呼ばれるよ」

「大丈夫。食堂用語にばあさんはありません。全員おばちゃんです」

「でも万里君、ありがとう。褒めてもらうと自信つくわ」

皐はいずれ味噌汁の店を始めたいという希望がある。求めているのは飽きのこない、しかし新鮮な味だった。セリの味噌汁は季節限定にするつもりでいた。

いつものように和やかに賄いを終え、食後のお茶をすすっている時、唐突に万里が訊いた。

「そういえば青木(あおき)、その後シリポーン、どうなったか聞いてる？」

「うん。この間、ジョリーンたちと浅草の店に行ったって」

「どうだった？」

「五郎さんの食べた『チムチュム』っていう鍋(なべ)は、故郷の料理だったんだって。でも、それ以外はあんまり種類がなかったみたい」

「やっぱりな」

万里は真面目な顔で頷いた。

「やっぱりって？」

「俺は家でイサーン料理について調べたんだよ。そしたら、結構ディープだった。普通にタイ料理店で出てくる料理とは段違い」

万里は効果を狙(ねら)うように、一度言葉を切って三人の顔を見回した。

「もちろん、青パパイヤのサラダとか焼き鳥のガイヤーンとか、タイ料理店の定番料理もある。しかし、イサーン料理の神髄とは、昆虫食だ」

二三も一子も皐も一瞬具体的な「昆虫食」のイメージを求めて、視線を宙にさまよわせたが、結局、長野県のイメージしか思い浮かばなかった。

「イナゴとか蜂の子とか？」

万里は重々しく首を振った。

「タガメ、バッタ、ゲンゴロウ、コオロギ、タケムシ等の昆虫ミックスフライ。そしてアリの卵のスープ」

二三たちは言うべき言葉を失って沈黙した。

やがて、一子が口を開いた。

「そういう料理を出してくれるお店はないのかしらね。ほら、よく裏メニューとかいうでしょ」

「ないことはない」

万里は腕組みをして眉を寄せた。

「誰が一緒に行くかが問題だ。ジョリーンやモニカは苦手だろう」

皐が申し訳なさそうに言った。

「それは仕方ないわ。悪いけど、私も生まれてから昆虫食べたことないし」

「そうだよな。無理ないと思う。俺も困るし」

万里は屈託のない口調で言って、腕組みを解いた。

「万里君、なにか考えがあるの？」

「まあ、ちょっとだけ」

万里はその日はそれ以上は語らず、帰っていった。

水曜の夕方、開店早々、万里がはじめ食堂にやってきた。水曜日は修業中の割烹「八雲」の定休日だ。貴重な週一回の休みなので、水曜日ははじめ食堂に来ることはめったにない。

万里はカウンターに腰を下ろした。

「いらっしゃい。めずらしいわね」

皐がおしぼりを出しながら言った。

「はなと待ち合わせ」

自称万里のＧＦ(ガールフレンド)桃田(ももた)はなは、アパレルメーカー勤務でデザイナー志望だ。

「注文ははなが来てからにするよ。どうせあいつ、スパークリングワインだろ」

皐は厨房に引っ込んで、お茶とお通しのそら豆の器を盆にのせて戻ってきた。

「春だなあ……」

そう呟(つぶや)いてそら豆を口に放(ほう)り込んだ途端、はなが店に入ってきた。

「万里、久しぶり。元気？」

「ぼちぼち。そっちは？」

「まあまあ。最終コーナーが見えてきたとこかな」

はなが万里の隣に腰を下ろすと、皐がおしぼりとお通しを持って行った。

「お飲み物は、スパークリングワイン？」

「うん」

答えると、はなは万里を振り向いた。

「今日は私が奢ってあげるね」

「いいよ。はなの乏しい給料から呑み代せしめるほど、俺はアコギじゃない」

「遠慮しなくていいよ。私、この店はいつも山下先生のおごりで、金払ったことないもん」

「お前の辞書に遠慮という文字はないのか」

「良いんだって。先生、診療所建てるんで十億円も借金してんだよ。はじめ食堂の飲み代くらい、鼻くそでしょ」

はなのペースにかかると、万里も苦笑しかない。

「で、用事って何？」

「来週の水曜、タイ料理食いに行かない？」

「いいよ」

あんまり即答なので、スパークリングワインとグラスを運んできた皐が苦笑した。

「スペインのカヴァ・クラシコ・セコです。食べ応えのある料理と相性が良くて、特に油やマヨネーズを使った料理にはお勧めです」

はなは目ざとくメニューからマヨネーズを使ったディップや、オリーブオイルを使うアヒージョ、牛肉の転がし焼きなどを選び出した。

皐が伝票に注文を書いて離れると、はなは万里に向き直った。

「そんで、タイ料理食べるくらいで、どうしてわざわざ声かけてくれんの？」

「これには深い事情がある」

万里はグラスにスパークリングワインを注ぎ、シリポーンの一件を話した。

「……で、俺は町田にあるソムタムローンプレーンという店を見つけた。普通の美味いタイ料理店らしいが、頼めば裏メニューで昆虫のミックスフライも出してくれるらしい。そこならシリポーンも故郷の味に再会できる」

はなは疑わしそうに万里を見た。

「それ、ジョリーンさんに教えて、彼女たちに連れて行ってもらえばいいじゃん」

「俺もそう思う。だが、彼女たちだって昆虫フライは尻ごみするだろうし、自分の後輩が昆虫食ってる姿を見るのも、あまり気持ち良くないだろう」

「万里は？」

「俺だってできれば見たくない。だが、俺はこれ以後、彼女と会うこともあんまりない。

だから互いに気が楽だと思う。はなだって同じだよ。一期一会」

　はなは難しい顔をして考え込んだ。

「言っとくけど、俺やお前は普通のタイ料理を食べる。彼女に付き合って無理に食う必要はない」

「店の場所教えて、一人で行ってもらえば？」

「まだ日本に来て日が浅いんだ。一人で町田まで行かせるのは心配だ。でも、一度行って店の場所を覚えれば、次からは一人で行ける。店の人は同じ地方の出身だろうから、話し相手になるかもしれない。そうしたら、少しは気がまぎれるんじゃないかな」

　はなは窺うように万里の顔を見た。

「万里、親切過ぎない？」

「考えてみろよ。秋田県出身の二十歳そこそこの女子が見知らぬ外国へ出稼ぎにいく。周りは外国人ばかりだ。日本料理屋はあるが寿司とラーメンと京料理ばかりで、しょっつるやきりたんぽの店は一軒もない。これはメンタルきついと思わないか？」

　はなは渋々頷いた。

「分かった」

「ただ、一つだけ言っとくことがある。どんなものすごい料理が出てきても、絶対顔に出すなよ。俺は外国で日本料理屋に入って、外国人に『イヤ』な目で見られたら、相当傷つくからな」

「分かった」

はなはきっぱりと答えてから、バカにしたように鼻の頭にしわを寄せた。

「いつも思うけど、万里のたとえ話って、外してるよね」

「お前に言われたくない」

二人はグラスを合わせて乾杯した。


まだ東京の地理に疎いシリポーンのために、三人は巣鴨（すがも）にある「風鈴」の従業員寮の近くで待ち合わせ、新宿へ出た。新宿からは小田急小田原線で、町田まで直通だ。

南口を出て歩くこと二分ほどの場所にある、地下一階の店だった。

店は明るく清潔で、内装はタイの雰囲気が演出されている。キャパは四十席くらいだろうか。子供連れでも入りやすい雰囲気だ。

万里たちが店に入ったのは午後六時で、すでに何組も先客がいた。「すみません。予約した赤目ですが」

入り口で告げると、店員が席に案内してくれた。

「え～と、予約した料理の外は、これから選びますので」

メニューを手に万里が言うと、店員は一礼して引っ込んだ。

奥のテーブルに座っていた四人の中年男性が、運ばれてきた料理を見て拍手し、歓声を上げた。そして各自スマートフォンを取り出して写真撮影を始めた。

シリポーンが伸びあがって奥のテーブルの上の料理に目を凝らすと、嬉しそうにタイ語で何か言った。

その声に、四人の男性客が気が付いて、笑顔で手を振り、両手を合わせて会釈した。シリポーンも同じように会釈した。

「あれ、私のふるさとの料理です」

万里とはなも奥のテーブルの上の料理に目を凝らした。揚げ物が皿に山盛りになっている。つまり、あれが昆虫ミックスフライらしい。

「良かったね。同じもの、出てくるよ」

はながいつもと変わらない調子で言った。

すると、奥のテーブルから男性客が一人、小皿を手にこちらに近づいてきた。

「突然失礼します。我々、イサーン地方に駐在してた仲間で、今日は久々の会食なんです」

そして揚げ物を盛った小皿をシリポーンの前に置き、タイ語で何か言った。親戚の娘に話しかけるような、親しげな態度だった。シリポーンも何か答えた。礼を言っているらしい。

「イサーン地方の方らしいんで、ここで会ったのも何かのご縁です。これ、おすそわけ」

万里は椅子から立ち上がり、男性に頭を下げた。

「お気遣い、ありがとうございます。彼女にも同じ料理を注文したので、そちらにもお裾分けします」

男性は笑顔で手を振った。

「私らは大量に注文したから、大丈夫ですよ」

小皿の上には生前の姿のままこんがり揚がったバッタとコオロギが載っていた。シリポーンはバッタを手でつまんで、バリバリと食べ始めた。

万里とはなは見て見ぬふりでシンハービールを飲みながら、メニューの相談をした。

メニューにはイサーン料理を代表する青パパイヤのサラダ・ソムタムパラー、マリネした鶏のグリル・ガイヤーン、もち米を使った発酵ソーセージ・サイクローク、豚の軟骨と内臓のハーブスープ・トムセップ、ソフトシェルクラブの唐揚げ・プーニムトード等、美味しそうな料理が並んでいた。

ここで他のタイ料理店でも食べられる料理を頼むのは馬鹿らしい。万里もはなもイサーン料理尽くしを注文することにした。

シリポーンに確認したら大賛成だった。

「イサーンの料理、味が濃い。お酒によく合います」

新しく料理が運ばれてくるたびに、シリポーンはたどたどしいながらも一生懸命説明してくれた。お陰で、未知のイサーン料理が身近に感じられた。

三人とも飲んで食べて、すっかり満腹した。

帰り際、シリポーンは厨房に顔を出して、イサーン地方出身のシェフと言葉を交わした。久しぶりに故郷の人間に会って心が和んだのか、表情が少し明るくなった。

万里とはなは互いの目を見交わして「良かったね」と声に出さずに確認した。

万里とはなはシリポーンと一緒に風鈴の従業員寮に向かった。そこでシリポーンを帰宅させたら、次ははなを最寄り駅まで送り、万里も帰宅するつもりだった。

従業員寮のビルの入り口で、シリポーンは両手を合わせて万里に頭を下げた。

「今日は、ありがとうございました」

「もう、道覚えた?」

「はい」

「じゃあ、次は一人で行けるね」

「はい」

シリポーンはまつ毛の長い美しい目でじっと万里を見つめ、はっきりとした声で言った。

「私、あなたを愛しています」

あっという間もなく、シリポーンは万里の胸に飛び込むと、素早く唇を押し当てた。そして呆然とする万里とはなを残して、あとも見ずに玄関に駆け込んだ。

「どうすんの？」

はなが心配そうに声をかけると、万里は途方に暮れたような顔で振り向いた。

「……どうしたらいい？」

第五話 ● 初夏の春巻

五月に入ると、いよいよ夏が近づいて来るのが分る。空の青、木々の緑が濃くなり、吹き抜ける風も夏の気配を感じさせる。

五月から六月にかけて、梅雨に入るまでのほんのひと月半ほどが、一年で一番爽やかな時期だろう。秋たけなわの十月も爽やかで過ごしやすいが、夏を迎えるか冬を迎えるかで、気持ちが違ってくる。

二三は夏を待つこの時期が、一年で一番気分が盛り上がった。何か良い事が起きるような気がして、日々心が浮き立つ。しかし、今年は違った。心の片隅に心配の種を抱えている。自分自身のことなら心配している暇にさっさと解決に動くのだが、他人の身の上に起こった事なので、二三にはどうしようもない。

まさか万里が、タイ人のニューハーフに熱愛されようとは。

「とり天ぶっかけうどん、定食セットで！」

「私、アジフライ定食!」

二人連れの若いOLが声を張れば、皐も良く通る声で注文を復唱する。

「とり天セット一つ、アジフライ一つ!」

すると木霊のように二三の声が返る。

「はい! とり天セット一、アジフライ一!」

はじめ食堂のランチタイムは、いつも通りに進行してゆく。

今日の日替わり定食はアジフライと回鍋肉。

アジはもちろん冷凍ではない。「魚政」の主人山手政和が豊洲で仕入れ、お裾分けしてくれたピチピチの生魚だ。これを三枚におろして揚げたフライは、身がふっくらとして旨味が濃い。ソースでも醤油でも美味しいが、はじめ食堂では魚介のフライとチキン南蛮には、必ず一子手製のタルタルソースを添える。近頃は二十円払って「追いタルタル」をするお客さんも増えた。

回鍋肉はキャベツが安かったのでメニューに入れた。キャベツと豚コマはどんな料理にしても外れがない。

焼き魚は塩鮭、煮魚はカラスガレイ。そして本日のワンコインは、新作のとり天ぶっかけうどんだ。アジフライを揚げるついでに、下味をつけて天ぷらにした鶏肉を、ぶっかけうどんにトッピングした。冷たいうどんと温かいとり天の組み合わせは大成功で、次々注文が入った。

無料の小鉢はシラスおろし、有料の小鉢は新ゴボウと鶏肉の煮つけ。味噌汁は豆腐ときぬさや、漬物は一子手製のカブの糠漬け。これにドレッシング三種類かけ放題のサラダがついて、ごはんと味噌汁はお代わり自由。

これで一食七百円は、自宅兼食堂で家賃が要らないことも大きいが、それ以上に経営者の一子と二三、従業員の皐の三人の努力と心意気の賜物だ。

「ねえ、おばちゃん、とり天とから揚げって、どこが違うの？」

食事を終えて席を立ったＯＬが、カウンター越しに二三に尋ねた。

「私もよく知らないけど、とり天はてんぷら粉、唐揚げは唐揚げ粉じゃないかしら」

身も蓋もない回答だが、正直、それ以外考えつかない。

「でもさ、唐揚げにも天ぷらみたいな、もたっとした衣ついてる店もあるわよ」

「そうですねえ。今度調べてみますね」

とり天発祥の店として知られる別府市の東洋軒では、とり天は皮なしのもも肉を使い、唐揚げには皮付きのもも肉を使うという。

元々大分県は鶏肉消費量が全国でもトップクラスで、鶏料理の種類も多く、唐揚げも各店・各家庭ごとに様々なレシピがある。特に中津市は「唐揚げの聖地」と呼ばれるほど唐揚げの店が多い。だから「とり天」に近い唐揚げを提供する店もあるかもしれない。

「とり天、美味かったよ。今度日替わりの定食で出したら？」

お客さんの一人が皐に言うと、隣の席の連れも言った。

「唐揚げ定食もやってよ。とんかつとエビフライは定番にしてんだから、鶏の唐揚げもありでしょ」

「はい。さっそく相談させていただきますね」

皐は笑顔で答えて、湯飲みにほうじ茶を注ぎ足した。

「とり天はともかく、唐揚げは日替わりで出してもいいんじゃない？」

ランチのお客さんがほとんど引き上げた午後一時半、アジフライ定食を注文した野田梓が言った。

「僕も前から不思議だったんだけど、定食屋さんって、たいてい唐揚げがありますよね。お宅はチキン南蛮は出すのに、どうして鶏唐はメニューから外してるんですか？」

同じくアジフライ定食を選んだ三原茂之も疑問を口にした。

「何故って言われてもねえ」

揚げ油の中を泳ぐアジを菜箸で裏返して、一子が首をかしげた。

「今にして思えば、あまりにも世の中にあふれてるんで、それで敬遠したんだと思うわ」

皿に刻みキャベツを盛り付けながら、二三も当時を思い返した。

スーパーもコンビニも定食屋も、鶏の唐揚げは定番商品だった。それなら何処でも食べられる鶏の唐揚げではなく、当時はまだ珍しかったチキン南蛮を出そう、と相談がまとまったのではなかったか。

「今じゃあ、チキン南蛮も完全に世間に浸透しちゃったねえ」

アジフライを油切りのトレイに上げながら、一子はふと考えた。

昭和も目まぐるしかったが、平成になってからは新しいものがどんどん入ってきて、あっという間に世間に広がり、そして消えてゆく……そのサイクルが更に加速したように感じられる。これはただ歳を取ったからだけだろうか。

「お待ちどおさまでした」

梓と三原のテーブルに、アジフライ定食が運ばれた。もちろん、自家製タルタルソースを添えてある。二人とも小鉢二品を選んだことは言うまでもない。

揚げたてのフライに箸を入れると、身の割れ目からほんのりと湯気が立つ。口に入れると、油と旨さが渾然一体に溶け合った味が舌に広がる。

梓も三原も、鼻から息を吐き出した。

「美味いなあ。僕はアジは干物が一番美味いと思ってたけど、フライも捨てがたいよねえ」

「特に揚げたては堪えられない……」

加熱されて上質の油を吸ったアジの身は、食感も美味さも干物とは似ているようでちょっと違う。甲乙つけがたいとはこのことだろうか。

二三は洗い物を片付けながら、一子を振り返った。

「お姑さん、一度唐揚げもやってみようか。受けなかったらやめて、受けたら日替わりのレギュラーにしてもいいじゃない。この二〜三年、イカフライは出せなくなっちゃったし」

かつては一杯百円弱で買えた刺身用スルメイカは、数年来魚介売り場から姿を消している。たまに現れたと思ったら、値段は倍以上、大きさは半分以下という始末だ。これではとても一食七百円の定食には使えない。

「そうねえ。鶏は値段も安定してるものね」

世界情勢の余波で値上がりはしたが、イカと比べたら微々たるものだ。

「唐揚げはそれこそ山のようにレシピがあるから、決めるのが大変ですね」

洗い上げた食器を拭きながら、皐は楽しそうに言った。

「また三人で、レシピ検討会やろうか」

「良いですね！　楽しみ」

二三の提案に皐は声を弾ませ、一子は笑顔で頷いた。

「名古屋風手羽唐揚げってどうですか？」

その日、休憩をはさんで午後営業の準備に入ると、皐が待ちかねたようにアイデアを口にした。

「万里君の家にあった新聞の日曜版に載ってたんです。カリッと揚げた鶏手羽に甘辛ダレを塗るのが名古屋風なんですって」

二三と一子は「鶏手羽」と訊いて、思わず顔を見合わせた。はじめ食堂ではこれまで鶏手羽の料理を出したことがなかったのだ。

「どうしてですか？　安くて美味しい部位なのに」

「そうよね。何故かしら？」

「使ったことがなかったから、としか言いようがないねえ」

二人とも鶏手羽が嫌いではない。よその店で手羽先の唐揚げを食べたこともある。しかし店で出す鶏肉料理となると、もも肉と胸肉になってしまう。

「骨があるので使いにくいと思ったのかねえ」

「適当なレシピに出会わなかったからっていうのが、一番正しいような気がする」

「それじゃ、やりましょうよ。はじめ食堂初の鶏手羽料理」

皐はすっかり乗り気で、筍の皮を剝くスピードをアップさせた。

「肉は手羽中を使います。骨離れが良くて食べやすいですよ」

載っていたレシピでは、タレには生姜とニンニクを入れ、仕上げに白ゴマと胡椒を振りかけていた。甘辛旨いタレの味わいにゴマと胡椒の風味が利いて、ご飯のおかずはもちろん酒の肴にもピッタリで、ビールが進む味だという。

「だから、夜のおつまみにも出せますよ」

聞いているうちに、二三も一子も「名古屋風手羽唐揚げ」を食べたくなった。

二人はもう一度顔を見合わせた。互いの顔に「やろう!」と書いてあるのを確認し、力強く頷いた。

「さっちゃん、明日の日替わり、それやろう」

「ホントですか?」

「善は急げよ」

「そうそう。あたしはいつお迎えが来るか分らないからね」

「お姑さん、それは言わない約束でしょって、『シャボン玉ホリデー』ごっこさせないでよ」

二三はグリーンピースを莢から外しながら、口を尖らせた。今日のお通しは翡翠煮、お勧めメニューは冷製スープ。どちらも今が旬のグリーンピースの美味しさが楽しめる。

一子は木の芽和え用の味噌を作っている。すり鉢で山椒の葉をすりつぶし、アルコールを飛ばして冷ました酒と白味噌、砂糖、薄口醤油を加えて練る。これで茹でた筍を和えて木の芽を飾れば、過ぎ行く春の名残を味わえる。

筍メニューは他にも若竹煮とバター醤油焼き、そして混ぜご飯も用意した。筍は今月で売り場から姿を消すが、松原青果が持ってきた筍は軟らかくて香りが良く、まだ十分に旬を保っている。

すべてのお客さんに食べてもらいたいが、まずは料理研究家の菊川瑠美と辰浪康平の感想が楽しみだ。今日は一番乗りで来ると言っていたから。

「生から茹でた筍って、水煮で売ってるのと全然別物ね」

木の芽和えを口にした瑠美は二三が予想した通り、鼻へ抜ける木の芽の香りに目を細め、春の名残を褒めたたえた。

瑠美と康平が他に注文したのはグリーンピースの冷製スープ、若竹煮、筍のバター醤油焼き、アジフライ、筍ご飯。

「シメも筍ご飯で大丈夫？」

筍が重なりすぎるかと思って二三が訊くと、瑠美はきっぱり首を振った。

「今月で筍ともお別れだもの。たっぷり食べて別れを惜しむわ」

「右に同じ」

二人が飲んでいるのは康平が売り込んだ「大自然林」という芋焼酎の水割りだ。シロユタカという芋で醸した大自然林は、淡麗で瑞々しい爽快感を持ち、青物野菜やハーブとの相性が良い。

「特に硬水でシャープに香りを立たせた水割りがお勧め」

というわけで、わざわざ「エビアン」を持ち込んだほどだ。

「芋焼酎なのにすっきり爽やかで、なんだか白ワインみたい」

瑠美は水割りのグラスを見直した。

「木の芽の香りで、この酒の透明感がアップしたんだな」

グリーンピースの冷製スープはガラスのカップに注いだ。美しい薄緑色がガラス越しに映える。仕上げに垂らした生クリームが、表面に白い弧を描いている。

一口飲んで、瑠美はカウンターの中の二三に訊いた。

「玉ねぎ入ってる？」

「さすが。玉ねぎスライス、バターで炒めました」

二三も「分ってらっしゃる」と言いたげに微笑んだ。

クリームスープを作る時は、炒めた玉ねぎを加えると旨味が増す。最後はミキサーで攪拌するので、切り方はざっとで良い。しかし、このひと手間で出来上がりは結構違ってくるのだ。

「冷凍じゃなくて生のグリーンピースって、季節感あるわ。春限定だもの。カボチャやポテトのクリームスープも美味しいけど、通年で売ってるし」

瑠美が感想を口にしている間に、康平はスープを飲み干してしまった。

「おばちゃん、お代わりある？」

「あるけど、あとにした方が良くない？　途中でお腹一杯になるかも知れない」

康平は胃の辺りに手をやって、考える顔になった。

「……そうだな。最近、食べたい量と食べられる量の間にギャップが出たような気がする」

二三も全く同感だった。

「そうなのよね。私も五十くらいまでは平気だったんだけど、それ以後はめっきり胃が弱くなって」

「五十まで好きなだけ食えたら十分じゃん。昔は『人間五十年』って言ってたんだから」

康平は呆れたように肩をすくめた。

「へい、お待ち。若竹煮」

聞こえぬふりで若竹煮を出すと、康平は「おばちゃん、鳳凰美田の剱、一合」と注文した。

「鳳凰美田はフルーティーで香り豊かで、貝類や甲殻類と合わせると臭みを消してくれるんだけど、《剱》は香りより切れ味でね。筍の素朴な香りと合うと思う」

康平が酒の講釈を始めると、瑠美はいつも興味深そうに聞く。演技ではなく、康平の「日本酒愛」に共感するからだ。

「本当は喜久酔、日高見、澤屋まつもとみたいな『出汁の利いた上品な料理にぴったり』の酒を合わせるのが王道だと思うけど、安全パイだけじゃつまんないから、たまには冒険しようと思って」

瑠美は筍を一口食べ、鳳凰美田のグラスを慎重に口に運んだ。

「康平さんの言う通り。筍の香りが引き立って、良い感じだわ」

康平は大げさに胸をそらし、どや顔をして見せた。二三は声に出さずに「ば〜か」と言い、次の料理にとりかかった。

さっと茹でた筍をフライパンで焼き、バターと醬油をからめる。それだけの単純な料理だが、生の筍を使うと一味も二味も違う。

「ああ、良い匂い」

醬油の焦げる匂いにバターの香りが混ざり合い、たまらなく食欲を刺激する。

「日本料理で筍っていうと煮物系が多いけど、油と相性が良いのよ。中華はみんな炒め物でしょ」

「俺、筍と牛肉のオイスター炒め、大好き」

「八宝菜にも筍、入ってるわよね」

会話が続くうちに、筍のバター醤油焼きが完成した。二人は同時に箸を伸ばし、出来立ての熱々を口に入れた。

「これはこっちね」

瑠美はグラスに残っていた大自然林の水割りを飲み干した。

「おばちゃん、《蔵の師魂》ソーダ割二つ！」

次のアジフライに備えて、康平が焼酎ソーダ割を注文した。揚げ物やスパイスの利いた料理には泡が良く合う。

「そう言えばさ、ここの筍ご飯って、どうしてひき肉入れてんの？」

康平が思い出したように尋ねた。十年来の長年のご常連なので、はじめ食堂の季節の炊き込みご飯はほとんど制覇している。

「出汁ね。お肉はちょっと入れると、コクが出るのよ」

「あ、そうか。うちは油揚だけど」

「それも同じ。油でコクが出るのよ」

「なるほどね」

すると、瑠美もつられたように問いかけた。

「そう言えば、お宅は炊き込みご飯じゃなくて混ぜご飯だって言ってなかった？」

「先生はよく覚えてらっしゃいますね」

カウンターの隅から、一子が嬉しそうに答えた。

「一度に全部入れて炊くと、味が均一になりますでしょ。それがつまらないんで、混ぜご飯にしたんです」

筍とひき肉を酒と醬油で煮てから、煮汁を冷まして水と一緒に米に加えて炊く。そうして炊きあがった味付けご飯に具材を混ぜ込むのが、はじめ食堂の炊き込みご飯の基本形だ。それは筍ご飯に限らない。

「なるほどねえ」

瑠美が感心したようにつぶやくと、そばで皐もしきりに頷いている。一子流炊き込みご飯がすっかり気に入ったのだ。

「例外は血糖値の上がらない炊き込みご飯くらいかしら」

二三が口を添えた。ひじきとジャコと梅干しと煎りゴマを具に、酒と塩を加えて炊くご飯は、十年ほど前にテレビで観てメニューに取り入れた。簡単でヘルシーな優れものレシピだ。

「あれは一つ一つの具材じゃなくて、全体で味わうご飯だから」

「あれもしばらく食ってないな。またやってよ」

康平は血糖値の上がらないご飯を焼きおにぎりにして、出汁をかけて出汁茶漬けで食べるのが好きだった。

「そうね。万里君が来る前のメニューは、いつの間にかご無沙汰(ぶさた)が多くなってる。今度、復活させるわ」

その時、入口の戸が開いて、桃田(ももた)はなが入ってきた。珍しく山下智(やましたさとる)医師は同行していない。

「こんちは」

「いらっしゃい」

はなはカウンターに腰かけると、おしぼりとお通しを運んできた皐に訊いた。

「最近、万里、どう？」

皐は困ったように眉(まゆ)をひそめた。

「どうもこうも、いつも通り。内心困ってると思うけど」

「シリポーン、アタックしてる？」

皐は気の毒そうに首を振った。

「あの子だってバカじゃないから、無理なことは分ってるのよ。ただ、気持ちばかりはどうにもならないから……」

愛の告白以来、シリポーンは月曜日の賄いタイムには必ず、ジョリーンとモニカと一緒にはじめ食堂を訪れるようになった。一方の万里はシリポーンと顔を合わすのを避けて、月曜日ははじめ食堂でランチをしなくなった。

「でも、あの子は偉いわよ。無理に万里君に会おうとしないもの。他の曜日に一人で店に来て、万里君に会うこともできるのに」

二三は自然と同情のこもった口調になった。

町田の店に行った翌週の月曜日、シリポーンは「ふるさとの味のお礼です。万里さんに渡してください」と言って、ファミリーマートのスポーツソックスを二三に託した。最近人気があるという。

万里に伝えると快く受け取ったが、シリポーンの気持ちは受け止めかねて困惑していた。

はなはおよその状況を把握すると、メニューを手に取った。

「今日は先生がいないから、スパークリングワインはやめてチューハイにする。康平さん、何が良い？」

「蔵の師魂」

「それのソーダ割ね。あと、冷製スープと筍のバター醤油焼きとアジフライ」

はなはメニューを戻すと、自問するように言った。

「でもさ、どうしてシリポーンは万里なんか好きになったんだろ？　修業中で金ないし、自分で言うほどイケメンじゃないし。彼女くらい美人なら、もっと良い相手いると思うけど」

「ナチュラルで下心がないからだと思うわ」

皐はさらりと答えたが、その言葉に含まれる重さと苦さを、はな以外の大人たちは感じていた。

ニューハーフであることは少数派で、今の世界ではハンデだった。それと知って近づいてくる男は、多少の例外を除いて下心の塊と言って良い。何の下心もなく、純粋な同情心から親切にしてくれた万里が、シリポーンには輝いて見えたのだろう。

「やっぱ万里、逃げてないでキチンと断った方が良くない？　お気持ちはありがたいけど、お付き合いはできません、とか」

「そんな改まったことしなくても、シリポーンはもうすぐ諦めるから大丈夫よ」

はなが「どうして？」と言いたげに見返すと、皐は妙に老成したような表情を浮かべた。

「私たち、失恋には慣れてるの」

はなはその言葉の重みに打たれたように、少し俯いた。

「それにね、別れのダメージって、付き合いの長さと深さに比例するのよ。手を握っただけの相手より、同棲した相手と別れる方がダメージ大きいでしょ。ましてお金まで貢いでたら、最悪。一生恨むかもしれない。そこ行くと、シリポーンと万里君は完全にプラトニックだし、会ったのもほんの二、三回でしょ。傷は軽いわ」

「なるほど」

はなは初めて納得した顔で頷いた。

「さっちゃん、冷製スープ上がり」

二三が声をかけると、皐はいつも通りの明るい顔で「はあい」と答え、カウンターにカップを運んだ。

二三は次の料理に取り組みながら、頭の中では皐の「失恋には慣れてるの」という言葉を反芻(はんすう)していた。以前「ゲイのカップルの多くは短期間で別れる」と聞いたことがある。それはおそらく、恋愛感情のみで結びついている場合の話だろう。

ある学説によれば、誰かに対する恋愛感情は四年で卒業するよう、遺伝子に組み込まれているという。四年は生まれた子供が二足歩行できるようになるまでの期間である。その後は別の相手と結びついて、一人でも多く、優れた遺伝子を持つ子孫を残すため、そのようにプログラミングされたのだそうだ。

仲の良い夫婦が「共白髪まで」続くのは、結婚が共同事業で、子供の教育・家のローン・親の介護など、恋愛以外の要素に満ちているからだろう。共に難事業に挑むうちに、カップルは恋人から相棒へと変化してゆく。それはゲイのカップルも同じだろう。

純愛がもろく不純愛が強いとは皮肉だが、二三はデパート勤務時代に宝飾部門の社員が教えてくれた事を思い出した。

純金すなわち24金は軟弱で、すぐに曲がったり切れたりするが、混ぜ物をすると強くなる。そして混ぜ物が多いほど強靱(きょうじん)で、24金より18金、18金より14金の方が強い。しかし、あまり混ぜ物が多くなると、宝飾品としての価値が下がってしまう。

人間と似てるなあ……。二三は声に出さずに呟いた。


「大変！　大変！」

その夜、閉店時間の九時ちょうどに帰宅した要は、店に入ってくるなり第一声を発した。

「どうしたのよ。『銭形平次』の八五郎じゃあるまいし」

「塩見先生が結婚した！」

「えええっ！」

二三と一子と皐は同時に叫んだ。

塩見秀明は新進気鋭の江戸史研究家で、著作もよく売れている。そして二三たちの見るところ、どうも要に気があるようだった。しかし、気弱で不器用な性格の哀しさで、まともに告白できず、閉店間際まではじめ食堂で粘っては、帰宅した要の顔を見て帰るのを繰り返していた。

その塩見がいきなり結婚とは。

「そ、れで、相手はどんな人なの？」

二三も思わず声を上ずらせた。

「タイの人だって」

「タイ？　どうしてタイなの？」

「ほら、先生、新作の取材でタイに行ってたでしょ。その時の通訳の人だって。予定日になっても帰国しないんで、丹後が心配して電話したら……」

丹後千景は週刊誌「ウィークリー・アイズ」の編集者で、塩見と人気作家足利省吾との対談を担当した。以来、塩見に連載読み物を書いてもらうべく、付きまとって……もとい、日参している。

「先生、タイで急病になって入院してたんだって。胃腸炎らしい。水が合わなかったのかな。そんで、通訳の人がすごく親切で、毎日お見舞いに来てくれて、必要なもの買ってきてくれたり、至れり尽くせりだったんだって。それですっかりのぼせちゃって、退院と同時にプロポーズしたんだって」

「だって」が連発されたものの、一応の事情は分かった。

「なんだか、昔のドラマみたいですね」

皐が言うと、一子は納得した顔で頷いた。

「異国で病気になったら、そりゃあ心細いもの。そこで親切にされたら、恋心も芽生えるでしょうよ」

二三は好奇心を抑えきれず、要に詰め寄った。

「ね、相手はどんな人？　美人？」

「知らないわよ。丹後だって電話で話しただけで、まだ帰国してないんだから」

「ああ、帰国したらご夫婦で店に来てくれないかなあ」

「お母さん、野次馬根性」

「しょうがないでしょ。こっちだって塩見さんのことではずいぶん気を揉んだんだから、どんな相手を選んだのか、見てみたいわよ。ね、お姑さん」

「そうね。あたしもあの先生には幸せになってもらいたいから、奥さんの顔を見て安心したいわ」

するとは皐がキッパリと断言した。

「大丈夫。塩見さんは絶対にご夫婦でお見えになります」

「どうしてわかるの？」

要は肩にかけていたショルダーバッグを椅子に置いた。帰宅してから話に気を取られて、下ろすのを忘れていたようだ。

「幸せは人に見せびらかしたいもんなんです。特に自分のみじめな姿を目撃した人たちに」

皐の口調は確信に満ちていた。

「塩見さんはひと目要さんに会いたくて、ここに通い続けたわけじゃないですか。そしたら、奥さんをもらって幸せいっぱいの姿を、皆さんの前でお披露目したいと思うはずです。

どんなもんだいって、心の中で叫びたいんですよ」

「なるほど」

二三は聞いていて感心した。皐の言うことは人間心理の一面を言い当てている。確かに、そうかもしれない。

「じゃあ、そう遠くない将来、塩見先生の奥さんの顔を拝めるね」

先ほどの発言を棚に上げ、要も好奇心を丸出しにした。だが、好奇心の下には塩見の幸せを願う気持ちがある。それは二三も一子も皐も同じだった。

同時に、いくばくかの不安も感じていた。病気で心が弱っていると、判断ミスを犯す危険もある。入院生活の寂しさに負けて、普段なら魅力を感じない女性に恋愛感情を抱いてしまうことだって、大いにある。

果たして塩見の奥さんはどんな女性なのだろう。大きな期待と小さな不安が、波紋のように広がっていった。

二三たちはそれほど待たされなかった。

要が結婚の知らせをもたらした三日後、午後営業の仕込みの時間に、塩見からはじめ食堂に電話がかかってきたのだ。

「先生、ご結婚、おめでとうございます！」

第一声、二三は素直に祝福の気持ちを伝えた。

「いやあ、どうも。急なことで、自分でもびっくりです」

電話を通しても、塩見の声は喜びに満ち溢れていた。昨日、日本に帰国したばかりだという。

「それで、来週の頭に、妻と二人でお店に伺いたいんですが」

「まあ、ありがとうございます」

「ずっとタイにいたんで、お宅の味が懐かしくなって」

「もったいないお言葉です。私も姑もさっちゃんも、お会いできるのを楽しみにしておりますので」

受話器を置いて振り向くと、一子と皐が目を輝かせていた。

「先生、来るって?」

「うん。来週の月曜。奥さんと二人で」

「やった!」

皐が拳を天に突き上げた。

「うちの味が懐かしいって言ってくださったのよ。何か、特別メニュー出したいね」

「そうだね。何が良いだろう」

「和風で、タイの人にも食べやすいもの……」

二三は腕組みして考え込むと、一子も皐も同じポーズになった。

「ま、あとで考えよう。まだ時間はあるし」

二三の言葉を合図に、三人は腕組みを解き、再び仕込みにとりかかった。

「初夏らしい料理って言うと、やっぱり旬の食材を使った料理になるわよね。そら豆、きぬさや、筍、あしたば、こごみ、たらの芽、後はのびるとか……」

菊川瑠美は指を折って数え上げ、途中で手を止めた。

「でも、五月の旬の食材って、四月から引き続き出回ってるものが多いのよね。走りと言ったら新じゃがくらいかしら」

「のびるって山菜ですか？　私、食べたことないです」

皐がやや戸惑い気味に尋ねた。

「山菜っていうか、野草よね。正直、私もあまり扱ったことがないの。一般的に知られてないから、読者の需要が少なくて」

のびるはわけぎのような葉の根元に白い球根がついている野草で、日本各地に自生している。球根はエシャロットに似た味で、生のままでも食べられる。葉はニラのような匂いが強いが、茹でると薄くなる。

「前にのびる醤油とかのびる餃子のレシピを作ったんだけど、あんまり受けなかったわ」

「新じゃがが無難じゃない？　日頃食べなれない材料より、馴染みのある材料で珍しい料理作った方が、受ける気がする」

カウンターの隣で生ビールのジョッキを傾けていた康平が言った。お通しがそら豆なので、ビールに回帰したらしい。

「そうね。新じゃがのレシピなら山のようにあるし」

二三が筍と牛肉を炒めながら答えた。味付けはオイスターソースを使った中華風だ。

「ただ、新じゃがのレシピって、普通のジャガイモとかぶるような気がするんですけど」

皐の疑問に、瑠美は即答した。

「だから、見た目よね。コロッとした粒のまま調理して、差別化を図るしかないと思うわ」

「そうですよね」

皐は頷いたが、完全に納得しているわけではなさそうだった。

初夏ならではの食材を使って、日本を感じられる料理を作り、塩見と奥さんに食べてもらいたい。新婚の二人に初夏の日本を味覚で感じてほしい。それがはじめ食堂の三人に共通の思いだった。

「ねえ、おばちゃん、シメにシラス丼って頼める？」

メニューに載っている《釜揚げシラスおろし添え》を見て、康平が訊いた。

「先週、江ノ島で食った釜揚げシラス丼を思い出したら、急に食いたくなって」

「良いわよ。先生はどうなさる？」

「私、半ライスでお願いします」

と、一子がカウンターの端から声をかけた。

「江の島で昔、生シラスを食べたわ。東京にはないのかしらね」

すると瑠美が康平の肩越しに、一子の方を見た。

「先週、豊洲の仲卸のご主人がやってるネット番組を見たんですけど、生シラスは現地に限る、東京ではやめた方が良いって言ってました。足が早いので、東京まで運ぶ間に鮮度が悪くなるって」

新鮮な生シラスには苦味はないので、かすかな苦味を感じたら、それは鮮度が落ちている証拠だそうだ。

「あら、じゃあ、江ノ島まで行かないとだめね」

そして思い出すように宙を見上げた。

「……春シラスは四月と五月いっぱいだったかしら」

シラスは獲れる地域によって旬の時期も異なるが、神奈川県は一月から三月までは禁漁期間で、最も旬な時期は四月と五月、この時期のシラスは春シラスと呼ばれている。

「お姑さん、来年は江ノ島で生シラスを食べようよ。東京から近いし、江ノ電にも乗りたいし」

「そうね」

皐が厨房に首を伸ばして二三に訊いた。

「シラス丼って、どうやって作ります？」

「シンプル。ご飯にシラスをのっけて真ん中に卵黄を落とす。ひと手間かけるなら刻んだネギ、茗荷、大葉、煎りゴマなんかを散らす。他にもゴマ油を垂らすとか、梅干しや明太子をトッピングするとか、レシピは無限大よ」

「なるほど」

皐は感心したように頷いてから、キッパリと言った。

「私、ネギと茗荷と大葉と煎りゴマかな。トッピング多過ぎると、釜揚げシラスの存在感が薄くなりそう」

「同感！」

瑠美がカウンターで片手を上げた。

「私もさっちゃんのレシピでお願いします」

「俺も」

こうしてこの夜、康平と瑠美のカップルのために、二三はメニューにないシラス丼を作ったのだが、それを見る皐の瞳がキラリと光り始めた。

「出来ました！」

店を閉めた途端、皐は待ちかねたように叫んだ。

「塩見先生と奥さんに捧げる初夏の新メニュー、やっと考えつきました」

二三と一子は期待を込めて次の言葉を待ち受けた。

「タイトルは……」


月曜日の午後六時少し前に、塩見秀明は奥さんを連れてはじめ食堂にやってきた。

「いらっしゃいませ！」

二三と一子と皐は一列に並んで声を張り、頭を下げた。

「こんにちは。妻のラットリーです」

塩見は斜め後ろに立っている奥さんを紹介した。

「初めまして。ラットリー・ジラティワット・塩見です。主人から聞きました。お店には大変お世話になっております」

ラットリーは歳の頃なら三十前後、すらりと背が高く、知性的な雰囲気の漂う美人だった。日本語もキチンとしていて、近頃の女子高生の会話よりわかりやすい。

何といっても美人度が半端なかった。お見合いで男性が女性を断る時の常套句「僕にはもったいない人です」が、そのまま人間の姿を借りて現れたような、まさに非の打ちどころのない女性で、どうして彼女が塩見を選んだのか、二三も一子も皐も頭の中が疑問符でいっぱいになった。

「どうぞ、こちらのお席に」

皐は二人に四人掛けのテーブルを勧め、即席で作った「ご予約席」の札を取り去った。

「あのう、奥様は何か苦手な食材はございますか？」

ラットリーはにっこり笑って首を振った。

「大丈夫です。好き嫌いはありません」

「彼女、和食は大好きで、刺身も塩辛も大丈夫なんですよ」

塩見は自慢するように言った。こんな美人の奥さんをもらったら、得意満面になるのは無理ないだろう。

「お飲み物は何になさいますか？」

「ええと、まずは乾杯で、スパークリングワインください。後は料理と相談します」

塩見は「それで良い？」と妻に問いかけ、ラットリーは微笑み返した。

二三は冷蔵庫からスパークリングワインの瓶を取り出した。この日のために仕入れたカンポス・デ・エストレリャス・ブリュット」というスペインのカタルーニャ地方のカヴァで、康平は「『神の雫（しずく）』にも登場した超辛口のカヴァだよ」と説明してくれた。

「塩見先生、ご結婚おめでとうございます。そして無事のご退院、何よりでございました。

結婚祝いと快気祝いを兼ねて、こちらをお店からプレゼントさせていただきます」

テーブルの横に立って二三が口上を述べると、塩見は目を潤ませた。

「ありがとう。ご厚意はありがたくお受けします。本当にありがとう」

皐が慎重に栓を抜き、二つのフルートグラスに注いだ。塩見とラットリーは互いの目を見つめながらグラスを合わせた。

今日のお通しは塩見夫妻のため、カヴァに合わせてグリーンピースの冷製スープにした。一口飲んだラットリーは、驚いたように目を見張った。

「まあ、美味しい。贅沢な味です」

「ここはリーズナブルなお店だけど、料理はとても美味しいんだよ」

塩見は嬉しそうに言うと、メニューを広げて妻に手渡した。

「何が食べたい？」

「そうですね。どれも美味しそう。あなた、選んでください」

塩見は真剣な顔でメニューを凝視したが、やがて顔を上げてカウンターの奥の二三を見た。

「すみません。お勧めは何ですか？」

「カヴァを飲んでいらっしゃるので、まずはちょっと洋風のお料理がお勧めです。新じゃがと茄子のカレー煮込み、カツオのイタリア風叩きなんて、いかがでしょう？」

塩見はパッと顔を輝かせた。

「良いですね。それ、もらいます！」

皐が空になったスープのカップをテーブルから下げた。

「先生、日本酒に切り替えられたら若竹煮、ホタルイカとウドのぬたもお勧めです」

「若竹煮とぬたかあ。いいねえ、和風で」

「それと、お店から特別料理をご用意させていただきました」

「えっ、ほんと？　なに？」

「それは後のお楽しみです」

新じゃがと茄子のカレー煮込みは、市販のカレールーを使うので味付け要らずだ。最初に炒めた新じゃがと茄子を、薄めた麺つゆで煮るのがミソで、ちょっと蕎麦屋のカレー風になる。

カツオのイタリア風叩きも、市販のカツオの叩きを使う。ソースはオリーブオイルとぽん酢を合わせ、玉ねぎとトマトのみじん切りと黒胡椒を加えて混ぜた、和と洋の合体だ。ソースをかけたらイタリアンパセリを飾って出来上がり。

「美味しい。お酒と合います」

塩見はもちろん、ラットリーも順調に箸を進めている。

二人の皿が空になったところで、皐がテーブルに近づいた。

「先生、次は特別料理の登場です」

皐は空の皿を盆にのせて一度厨房に引っ込んだが、再び食堂に現れた。塩見とラットリーの視線は、皐の掲げる新しい料理に吸い寄せられた。

「シラスの梅シソ春巻。題して《初夏の春巻》でございます」

皐は二人の前に恭しく皿を置いた。

春巻は斜めに半分に切ってあり、中身が見える。真っ白いシラスを取り巻く梅干しの赤、緑の大葉、きつね色に揚がった春巻の皮の三層構造が、いやがうえにも食欲をそそる。

「シラスと梅干しの塩気で、そのままでもお召し上がりいただけますが、お好みでスパイス塩をお使いください」

皐は「クレイジーソルト」の小皿をテーブルに置いた。塩とハーブとスパイスをブレンドした市販の調味料だ。

塩見もラットリーも、何もつけずに春巻を口に運んだ。

皐も二三も一子も、一瞬緊張した。もしかしたらラットリーは梅干しが苦手かもしれない。

しかし、そんな心配は杞憂に終わった。ラットリーの顔にはたちまち、美味しいものに出会った驚きと喜びが広がったからだ。

旬の釜揚げシラスの素直な旨味が、大葉の香気、梅干しの酸味と風味に包まれ、油をくぐっていや増している。初夏にふさわしい、爽やかで贅沢な味わいだった。

塩見もラットリーも、目を細めてため息を吐いた。カヴァがすっきり油を切るので、いくらでも食べられそうだ。

「シンプルで繊細で深みがあって、日本の料理、素晴らしいです」

ラットリーは大げさにほめてくれたが、満更お世辞ではないようで、もりもりと春巻を平らげた。その様子に塩見は目を細めている。愛する女性が自分と同じものを美味しいと思ってくれることが嬉しいのだ。

「もしかして、奥様は梅干しが苦手じゃないかと心配だったんですが、お気に召していただいて安心しました」

皐が言うと、ラットリーは楽しそうに笑った。

「私、南高梅のおにぎり、大好きです」

カヴァの瓶は空になり、塩見は日本酒に切り替えると告げた。

椅子から少し腰を浮かせ、カウンターの中の二三に尋ねた。

「お勧めは何かな？」

「そうですねえ。お料理はどうなさいますか？」

「さっき皐さんが勧めてくれた、若竹煮とウドのぬたをもらいます」

「それなら、え～と、月の桂か天青でしょう。上品で淡白な料理と合うんです」

「じゃあ、月の桂にしよう。名前がロマンチックだ」

料理と酒が程よく胃の腑に沁みて、塩見とラットリーはだいぶリラックスしてきた。今がチャンスと思い、二三は口を切った。

「先生が奥様と知り合ったきっかけは、娘から聞きました。急病になられて入院なさったと……」

「はい。そりゃもう、大変でした。僕はタイ語がしゃべれないし、知り合いもいないし、もう心細くて。彼女が天使に見えましたよ。本当に、彼女がいなかったら、メンタルがおかしくなったかもしれません」

ラットリーは誇らしげに微笑んだ。心にもない謙遜などしないところが、むしろ潔かった。

「それで、奥様は先生のどこに魅力を感じられたんですか？」

その瞬間、二三のみならず、皐も一子も耳をダンボにして答を聞き漏らすまいとした。一番知りたいのはそこだ。

「私は日本のアニメの大ファンです」

ラットリーは躊躇なく答えた。

「子供の頃から大好きで、タイで放送されていないアニメや、発売されていない漫画も、ネットで買って見ていました。五年前にはコミケに行きたくて日本に来ました」

コミケとはコミックマーケットの略で、漫画、アニメ、ゲームなどの同人誌の展示即売会である。例年五十万人以上の参加者を動員し、会場にはキャラクターのコスプレをする人々も詰め掛ける。

「彼もアニメが好きと分って、驚きました」

塩見は初めて来店した折に、アニメオタクだと語っていた。

「彼女、なかなか詳しいんですよ。それで、すっかり話が合っちゃって」

塩見が言うと、ラットリーも嬉しそうに頷いた。

「彼は○○の△△に似てるんです」

ラットリーは二三たちの知らないアニメのタイトルとキャラクター名を挙げた。

「私、△△が大好きなんです。優しくて人が良くておっちょこちょいで憎めなくて。△△は私の理想の男性です。この世にこんなそっくりな人がいるなんて、びっくりしました。だから私、一目惚れなんです」

二三も一子も皐も、あんぐり口を開けそうになって、あわてて閉じた。世の中にそんなことがあるとは、実例を目の前にしても、まだ信じがたかった。

しかし、映画やドラマでは「好きになるのに理由はいらない」と言うセリフがまかり通っている。それならきっと、塩見の善良さを愛でて、神様がご褒美をくれたのかもしれない。いや、そう思うしかない。ここはひとつ、素直に塩見の幸運を祝い、末永い幸せを祈るしかないだろう。

「お二人は、出会うべくして出会われたんですね」

三人の気持ちを代弁して、一子がしみじみと言った。

「はい。運命だと思っています。だからその運命に感謝して、彼女を幸せにできるように、努力してゆくつもりです」

キッパリと言った塩見は、とても頼もしく見えた。

「話は変わりますが、奥様はバンコクのご出身ですか？」

皐の問いに、ラットリーは首を振った。

「いいえ。私の生まれたところはイサーン……タイの東北部のカラシンという所です」

「シリポーンと同じじゃない！」

二三は思わず叫んでしまった。塩見もラットリーも怪訝な顔で二三を見返した。

「いえ、あの、前にさっちゃんが働いていた『風鈴』に、タイ人の新人ダンサーがいるんですけど、彼女がイサーンのカラシン出身なんです」

「彼女、一緒にタイから来た仲間がお店辞めてしまって一人ぼっちになって、落ち込んでたんです。それで、故郷の料理でも食べれば元気になるかと思ったら、東京のタイ料理店ではイサーン料理を出す店があまりなくて」

「苦労してお店探したもんですから、イサーン料理って、頭にしみついてるんです」

二三と皐が交互に説明すると、やっと塩見も事情を飲み込んだ。

「そういうことなら、今度唐沢（からさわ）を誘って風鈴に行ってみようかな」

塩見はラットリーに向き直り、説明した。

「唐沢は僕を風鈴に連れて行ってくれた友人なんだ。結婚祝いをもらって、まだお返しをしてないから、ちょうど良いかもしれない」

「それは良い考えと思います」

ラットリーはにっこり笑って頷いた。

その夜、塩見夫妻はシメに釜揚げシラス丼を食べて帰っていった。

次の週の木曜日の夜、七時を少し過ぎた頃、塩見秀明が一人ではじめ食堂に現れた。

「こんばんは」

「いらっしゃいませ」

塩見は空いているカウンター席に腰を下ろした。皐がおしぼりとお通しを運んでいくと、話の続きのように口にした。

「先週の金曜日、彼女と友人と三人で、風鈴に行ってきた」

「そうですか。奥様、お気に召しました？」

退職したとはいえ、青春を過ごした古巣の評判は気になる。

「うん。すっかり。タイ人の彼女、シリポーンさん？　二人ともすっかり打ち解けてね。

やっぱり故郷が同じで、親しみがわくんだろうね。今夜非番だというんで、二人で町田のイサーン料理の店に出かけてるんだ」

「まあ、そうですか」

「ラットリーは一人っ子で兄弟がいないんで、妹みたいな気がするのかもしれない」

「シリポーンは同郷の方に会えて、すごく嬉しいんだと思います。それに奥様、とても素敵な女性ですから」

「どうもありがとう。僕もそう思ってる」

塩見の口調はとても素直で、のろけているようには聞こえなかった。心の底から心酔しているのだろう。

「町田の店のことは、彼女も喜んでた。東京でイサーン料理が食べられるとは期待してなかったらしくて」

「そう言えば先生は、タイ料理はお好きですか？」

「まあ、普通には。ただ、激辛はダメなんで、注文する前に辛さのチェックは念入りにする」

二三がカウンターから首を伸ばした。

「先生、筍、今日が今年の最後になります。シメに筍ご飯、召し上がりますか？」

「是非、お願いします」

塩見は笑顔で頷いて、メニューを広げた。

「さあて、何を飲もうかな……」


翌週の月曜日、賄いタイムに現れたのはジョリーンとモニカの二人で、シリポーンの姿はなかった。

「シリポーンさん、何かあった？」

二三が尋ねると、ジョリーンはむしろ明るい声で答えた。

「お客さんで同郷の女の人がいてね、すっかり仲良くなって、毎日メール交換してるわ」

「同じ言葉で気軽に話せる相手が出来て、精神的に楽になったんじゃないかしら。最近、明るくなったわ」

モニカに続いて、皐が二三と一子に言った。

「彼女が万里君に惹(ひ)かれたのも、一時的な寂しさが原因だったんだと思います。そこから解放されたら、執着も消えるんじゃないでしょうか」

「そうであってほしいわ」

二三はシリポーンが出稼ぎに来ていることを、改めて考えた。

異国で恋に溺(おぼ)れるのはリスクが大きすぎる。しっかりお金を稼いで故郷に帰ってから、末永く添い遂げられる相手と出会ってほしい。それは決して簡単なことではないけれど、塩見秀明に神様が微笑んでくれたように、シリポーンにも微笑んでくれるのではなかろうか。少なくとも二三は、そう信じたかった。

暦が六月に変わってしばらく経った月曜日の朝、出勤してきた皐が興奮冷めやらぬ表情で叫んだ。

「大変！　大変です！」

二三も一子も、何事かと思って仕事の手を止めた。

「シリポーン、お店辞めるんですって！」

「ど、どうして⁉」

二三も驚いて声を上ずらせた。

「結婚するって」

「だ、誰と？」

「タイ人の青年実業家。塩見先生の奥さんの大学の同級生。ビジネスで来日して、仕事の合間に奥さんと旧交を温めて、塩見先生と三人で風鈴へ行ったそうです。そしたら、二人ともいっぺんで恋に落ちてしまったって」

二三も一子もあまりの急な展開に、思考が追い付いて行かない。ただ啞然(あぜん)として顔を見合わせた。しかしどうやら、シリポーンが王子様と出会ったことは確からしい。

「相思相愛なのね」

一子の言葉に、皐は大きく頷いた。

「そうですよ。一目惚れです」

タイで同性婚が法的に認められているのか、一子は知らない。しかし、互いを想い合う気持ちがあれば、形式など二の次、三の次だ。

「良かったじゃない」

一子は二三を見た。その眼の奥にある考えが、二三にも伝わった。

そうだ、幸運は訪れる。奇跡は起きる。塩見にもシリポーンにも。それならいつか皐にも。

「幸せになると良いね。つーか、幸せに決まってるね」

二三は一子と皐を交互に見た。

「さあ、開店準備、始めよう」

それぞれ位置について仕事にとりかかった。

メニューを書いた黒板を表に出すと、六月の空はまぶしく晴れあがっていた。

二三はもう一度、万里とシリポーンの騒動を思い返した。そして、シリポーンは万里にとって、あの初夏の春巻のような存在だったと思った。

美しく香り豊かで爽やかな料理だが、残念なことに万里には食べられない。尾頭付きのシラスがぎっしり詰まった春巻は、まだ万里にはハードルが高いのだ。

二三は思わず一子に問いかけた。

「お姑さん、万里君、いつかは魚が食べられるようになるかしら？」

「大丈夫よ」

一子は確信に満ちた口調で答えた。

「努力は奇跡の始まり。そう信じましょう」

二三もつられて頷いた。

「そうよね。世の中、そうでなくっちゃ」

青葉の季節のただ中を、軽やかに風が吹き抜けた。

食堂のおばちゃんの簡単レシピ集

皆さま、『初夏の春巻　食堂のおばちゃん13』を読んでくださって、ありがとうございました。

本作品ではタイ料理を取り上げました。私が初めてタイ料理と出会ったのは今から四十年前で、日本人としては割と早かったと思います。書いていると当時のことが思い出され、懐かしくなりました。

今回も、簡単で美味しくてお財布に優しい料理のレシピをご紹介します。お気に召したら、一度お試しください。

①レンコンの柚子胡椒炒め

〈材　料〉２人分

レンコン１節（約２００g）　酢・水　各適量　柚子胡椒小匙２分の１杯
醤油大匙２杯　サラダ油大匙１杯　砂糖小匙２杯　木の芽（お好みで）

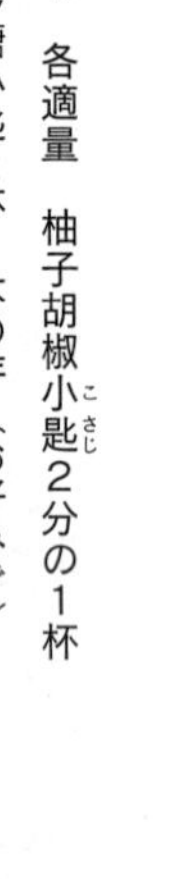

〈作　り　方〉

●レンコンは厚さ５ミリの薄切りにして、酢水にさらしてアクを抜き、ザルに上げて水気を切っておく。
●柚子胡椒は醤油に溶かしておく。
●フライパンにサラダ油を引いて火にかけ、レンコンを炒める。
●全体に油が回ったら砂糖を加え、しんなりするまで炒める。
●柚子胡椒を溶かした醤油を回しかけてからめ、火を止める。
●器に盛って木の芽を飾る。

〈ワンポイントアドバイス〉

☆お好みで酢橘・かぼす・生姜の搾り汁をかけても美味しいですよ。七味唐辛子を振ってもＯＫ。

②長ネギと豚肉のさっぱり炒め

〈材　料〉２人分

長ネギ１本（青い部分も使う）　豚バラ肉１００g　塩小匙４分の１杯　粗びき胡椒適量

サラダ油大匙１杯　好みの柑橘類（柚子・酢橘・かぼす・レモンなど）

肉の下味（塩少々　酒・サラダ油　各大匙１杯）

〈作り方〉

●豚肉は食べやすい大きさに切り、下味を馴染ませておく。

●長ネギは縦半分に切ってから斜め切りにする。

●フライパンをよく熱してサラダ油を引き、豚肉を入れて弱火で炒める。出てくる脂をキッチンペーパーで拭き取りながら、こんがりキツネ色になるまで炒める。

●長ネギを加え、さっと炒めたら塩・胡椒を振って味を調える。

●器に盛り、好みの柑橘を絞って回しかける。

〈ワンポイントアドバイス〉

☆長ネギはシャキッとした食感が残る程度に軽く炒めましょう。

☆ご飯のおかずにも酒の肴にもお勧めです。

③牡蠣の中華鍋

〈材　料〉２人分

牡蠣10個　豆腐２分の１丁　白菜４～５枚　長ネギ１本　水菜大１株

ニンニク・生姜　各１片　ゴマ油大匙１杯

白だし・鶏ガラスープの素・日本酒　各大匙２杯

片栗粉適量　塩・醤油（お好みで）

〈作　り　方〉

●牡蠣は片栗粉をまぶしてよく揉み、水で洗い流すと汚れがきれいに落ちる。その後はザルに上げて水気を切っておく。

●白菜は芯と葉に分け、芯はそぎ切り、葉はざく切りにする。
●長ネギは斜め切り、水菜は長さ４～５センチに切る。
●豆腐は４等分に切る。
●ニンニクと生姜はすりおろす。
●鍋に水適量、白だし、鶏ガラ中華スープの素、酒、ニンニクと生姜を入れて火にかけ、白菜の芯を入れる。
●牡蠣に薄く片栗粉をつける。
●白菜の芯に火が通ったら、白菜の葉、水菜、長ネギ、豆腐、牡蠣を並べて入れ、水が足りなかったら足し、蓋をして煮る。
●具材に火が通ったら味を見て塩・醤油を加え、最後にゴマ油を回しかける。

〈ワンポイントアドバイス〉

☆中華風の鍋は牡蠣の他に鶏肉、豚肉にも良く合います。
☆シメは春雨を入れ、スープ春雨にするのがお勧めです。

④鶏じゃが

〈材　料〉２人分

鶏モモ肉１枚（約３００g）　ジャガイモ大１個　キャベツ４分の１個　パセリ適量
塩小匙１杯　オリーブオイル大匙２分の１　黒胡椒少々

〈作　り　方〉

●鶏モモ肉は余分な脂や筋を取り除いて一口大に切り、塩小匙半分を振って下味をつける。
●ジャガイモは皮を剝（む）いて６～８等分の、大きめの一口大に切る。
●キャベツはざく切りにする。
●フライパンにオリーブオイルを引いて中火で熱し、鶏肉の皮目を下にして焼く。
●薄く焼き色が付いたらジャガイモとキャベツを加え、水１００ccを入れて蓋をし、10～15分煮る。
●ジャガイモに串（くし）を刺してすっと通ったら、蓋をずらしてさらに５分煮て、水分を飛ばす。
●鍋の底の煮汁に塩小匙半分を溶かし、黒胡椒を振って混ぜ、仕上げに刻みパセリを振る。

〈ワンポイントアドバイス〉

☆お好みでオリーブオイルをかけても。
☆簡単に作れて、一品で野菜も肉も取れる便利な料理。
☆味付けにコンソメスープ、鶏ガラスープを使うのもお勧め。
☆パセリは乾燥のものでOKです。

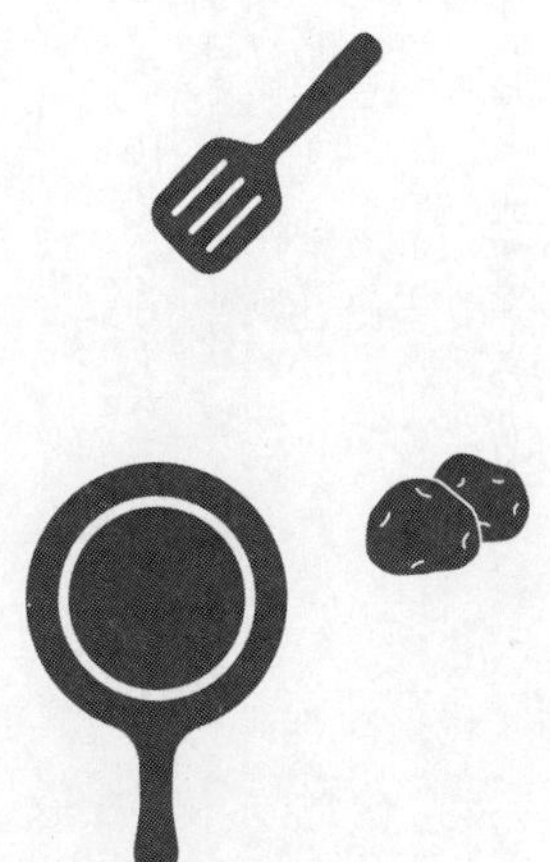

⑤発酵ポテトサラダ

〈材　料〉2人分

ジャガイモ（男爵）大2個（約４００g）　無塩バター10g　クリームチーズ25g

キュウリの古漬け1本　赤玉ネギ４分の1個　マヨネーズ大匙４杯　塩・胡椒　各適量

〈作　り　方〉

●キュウリの古漬けは3ミリ角に切る。

●赤玉ネギはみじん切りにし、10分水にさらしてから絞り、水気をしっかり切る。

●ジャガイモは皮つきのまま茹でる。水面が揺らぐくらいの火加減で、約85度を保ってゆっくり火を入れると、煮崩れずホクホクになる。串を刺してすっと通ったら茹で上がり。

●ジャガイモの皮を剝いてボウルに入れ、少し粒が残るくらいにつぶす。

●熱いうちにバターとクリームチーズを加えて混ぜる。

●バターとクリームチーズを混ぜたものにキュウリの古漬け、赤玉ネギ、マヨネーズを加えて混ぜ、味を見て塩を足す。

●器に盛り、胡椒を振って出来上がり。

〈ワンポイントアドバイス〉

☆京都にある割烹(かっぽう)「実伶(みれい)」さんのレシピです。クリームチーズとバターの乳脂肪のダブル遣いで、ジャガイモにリッチなコクと滑らかな食感が加わり、たまらなく酒を誘う大人のポテトサラダです。

☆キュウリの古漬けは5日くらい漬け込んだものがベストとか。

⑥ふきのとうの塩麹パスタ

〈材　料〉２人分

パスタ２００g　ふきのとう８個　玉ネギ２分の１個　オイルサーディン８枚
ニンニク１片　塩麹・オリーブオイル　各大匙２杯

〈作り方〉

●パスタを少し硬めに茹でる。表示時間より１分ほど少なめに。
●ふきのとうは二つに割り、玉ネギとニンニクはスライスする。
●フライパンにオリーブオイルを入れ、火にかけたらニンニクを入れて加熱し、香りが出たらふきのとうと玉ネギを加えて炒める。
●火が通ったらオイルサーディンを加え、つぶしながら炒め、塩麹で味を調える。
●フライパンに茹で上がったパスタと、ゆで汁カップ半分を加え、乳化させるようにして１分ほど炒める。

〈ワンポイントアドバイス〉

☆ふきのとうのほろ苦さと塩麹の甘味がベストマッチ。

☆オイルサーディンをソースの一種として使うのがミソ。塩加減が良く、コクが出ます。

⑦スペアリブのオレンジジュース煮

〈材　料〉２人分

スペアリブ４００g　塩・胡椒少々　サラダ油大匙１杯　ニンニク・生姜　各１片

A（オレンジジュース１５０cc　醤油大匙３杯　日本酒大匙３杯　はちみつ大匙１杯）

〈作　り　方〉

●スペアリブに塩・胡椒して５分置く。

●ニンニク、生姜は４等分にする。

●中火で熱したフライパンにサラダ油を引き、ニンニクと生姜を香りが出るまで炒めたらスペアリブを入れ、こんがりと焼き色が付くまで焼く。

●Aを加えて蓋をし、弱火にしたら、時々肉を裏返しながら煮る。

●煮汁が無くなり、肉に火が通ったら出来上がり。

〈ワンポイントアドバイス〉

☆スペアリブのレシピも色々ありますが、これは焼き物でなく煮物なので、手がかかりません。

☆食堂時代、スペアリブは漬けダレに醤油と酒とママレードを混ぜたものを使い、魚焼きのグリルで焼いていました。

⑧ハマグリのチャウダー

〈材　料〉2人分

ハマグリ（殻付きで砂抜きしてあるもの）8個

スライスベーコン1枚　ジャガイモ1個　玉ネギ2分の1個　人参3分の1本

塩・胡椒　各適量　バター大匙2杯と小匙1杯　小麦粉大匙3杯

白ワイン・生クリーム　各4分の1カップ

A（水2カップ　牛乳1カップ　コンソメスープの素大匙2杯）

〈作り方〉

●ハマグリは殻と殻をこすり合わせるようにして洗う。

●フライパンにバター小匙1杯を溶かし、ハマグリを入れて炒め、白ワインを加えたら蓋をして蒸し煮にする。ハマグリの口が開いたら取り出し、煮汁は取っておく。

●ベーコンは1センチ幅、ジャガイモ・玉ネギ・人参は皮を剝いて角切りにする。

●鍋を弱火にかけてバター大匙2杯を溶かし、ベーコン・ジャガイモ・玉ネギ・人参を入れて炒め、玉ネギがしんなりしてきたら小麦粉を入れてよく炒め合わせる。

●Aを混ぜ合わせる。

●鍋に煮汁とAを少しずつ加えて混ぜ合わせ、野菜に火が通るまで弱火で煮る。

●鍋に生クリームとハマグリを加えてひと煮たちさせ、塩・胡椒で味を調えたら、器に盛る。

〈ワンポイントアドバイス〉

☆最後にスープが残ったら、パスタを入れてクリームパスタにすればシメになります。味にパンチが足りないときは、炒めたベーコンを追加してみましょう。

☆飾りに刻みパセリを散らすとか、調理の最後に茹でた緑の野菜（スナップエンドウとかブロッコリーなど）を入れるとかするときれいです。

⑨牛肉の転がし焼き

〈材　料〉２人分

牛肉赤身ブロック１５０ｇ　胡椒大量　ワサビ適量

〈作　り　方〉

●牛肉の表面全体に、手でしっかりと叩き込むようにして、たっぷりと胡椒をまぶす。

●フッ素加工のフライパンに、油を引かずに肉を載せ、表面をゆっくり焼いてゆく。

●火は強めの中火で、時々肉を転がしながら、側面や切り口もまんべんなく熱が通るように、４～５分かけて焼く。

●粗熱が取れたら出来るだけ薄切りにして、ワサビを添えて出す。塩でも醤油でもぽん酢でも合う。

〈ワンポイントアドバイス〉

☆胡椒の刺激で舌がヒリヒリするような牛のタタキです。酒の肴にはこの刺激もまた、良いんですよね。

⑩スパイシー塩辛

〈材　料〉２人分
イカの塩辛（市販品）30g　パクチー1パック　ニンニク1片　レモングラス（生）１本
赤玉ネギ４分の１個　赤唐辛子適量　キーライム（手に入らなければライムや酢橘などで代用可）

〈作り方〉
●パクチーはざく切り、ニンニクと赤玉ネギはスライス、レモングラスと赤唐辛子は小口切りにする。
●キーライムは果汁を絞る。
●材料をすべてボウルに入れ、ざっくり混ぜれば出来上がり。

〈ワンポイントアドバイス〉
☆赤唐辛子はお好みで量を加減してください。
☆キーライムは東南アジア原産の柑橘で、すがすがしい香りと強い酸味が特徴。タイ料理にもよく使われています。

⑪グリーンピースの冷製スープ

〈材　料〉４人分

グリーンピース（さや付きの物）３００g　玉ネギ小１個

バター大匙２杯　湯２カップ　固形チキンスープの素２個　牛乳２分の１カップ

塩・胡椒少々　生クリーム50ｃｃ

〈作　り　方〉

●玉ネギは皮を剝いてスライス、グリーンピースはさやから出す。

●鍋にバターを溶かし、玉ネギとグリーンピースをじっくりと炒める。

●固形スープを湯に溶かし、鍋に入れて蓋をし、強火で約10分煮る。

●火を止めて冷まし、粗熱が取れたらミキサーにかけて攪拌（かくはん）し、滑らかにする。

●ミキサーにかけた玉ネギとグリーンピースを鍋に戻し入れ、牛乳を加えてひと煮たちさせたら生クリームを加え、塩・胡椒で味を調える。

●冷蔵庫で冷やして完成。

〈ワンポイントアドバイス〉

☆冷たいスープを器に注いでから、生クリームを表面に垂らしても美味しいです。

☆ジャガイモやカボチャでクリームスープを作る時も、炒めた玉ネギを加えると味が一段と美味しくなります。

☆これは冷製スープですが、温かい状態でも美味しいですよ。寒い日に飲むのは最高です。

⑫筍（たけのこ）ご飯

〈材　料〉作りやすい分量

筍中1本（市販の水煮でもOK）　生姜1片　ひき肉（鶏または豚）150～200g

醤油大匙5杯　塩小匙1杯　日本酒100cc　米2合　米ぬか適量

〈作　り　方〉

●筍は外側の皮を2～3枚剝いたらよく洗い、火が通りやすいように切り込みを入れ、米ぬかを入れた水で茹でる。目安は小サイズが1時間30分、中サイズが2時間、大サイズはそれ以上かかります。

●茹で上がったら流水で洗い、皮を剝く。皮を剝いた状態で平均の重量は、小サイズは150g、中サイズ300g、大サイズ1キロです。

●筍を食べやすい大きさの薄切りにする。ご飯の中に入る具材なので、煮物よりは小さめに。

●生姜はすりおろして汁を絞る。

●鍋に筍とひき肉を入れたら、ひたひた位の水を入れて火にかけ、醤油・塩・酒で味付けして、肉と筍に味が染みるくらいまで煮る。

●最後に生姜のしぼり汁を加えて香りをつける。そのまま食べるには少し味が濃いくらいが基準なので、味を見て調味料を足してください。
●煮た具材を別の容器に移し、煮汁を冷ます。
●米を研ぎ、浸水させたらザルに上げる。
●釜に研いだ米と煮汁を入れ、二合炊きの規定量まで水を足して炊く。
●炊き上がったご飯に味付けした筍とひき肉を混ぜ、もう一度蓋をして蒸らす。

〈ワンポイントアドバイス〉

☆このレシピは我が家のものです。亡くなった母は何故(なぜ)か「炊き込みご飯」はほとんど作らず、すべて「混ぜご飯」でした。「一緒に炊くと味が平板になる」と言っていましたが。

☆筍は下処理に時間がかかって面倒ですが、きのこ（松茸(まつたけ)に限らず！）ご飯ならもっと簡単に作れます。炊き込みご飯でも、混ぜご飯でも、あなたのお好みのレシピでお試しください。

本書の第一話から第四話は「ランティエ」二〇二二年九月号～十二月号に連載されました。第五話は書き下ろし作品です。

ハルキ文庫

や 11-15

初夏の春巻　食堂のおばちゃん⑬

著者　山口恵以子

2023年1月18日第一刷発行
2023年2月8日第二刷発行

発行者　角川春樹

発行所　株式会社角川春樹事務所
〒102-0074 東京都千代田区九段南2-1-30 イタリア文化会館

電話　03(3263)5247(編集)
03(3263)5881(営業)

印刷・製本　中央精版印刷株式会社

フォーマット・デザイン　芦澤泰偉
表紙イラストレーション　門坂 流

ISBN978-4-7584-4537-5 C0193 ©2023 Yamaguchi Eiko Printed in Japan
http://www.kadokawaharuki.co.jp/[営業]
fanmail@kadokawaharuki.co.jp[編集]　ご意見・ご感想をお寄せください。